Manuel de la gueule de bois

DANS LA MÊME COLLECTION

Dico des injures oubliées, Librio n° 1028
Les Pires Coups de pute, Librio n° 1100
Bourgs et Calembourgs, Librio n° 1126
Avant j'avais une vie, maintenant j'ai des enfants, Librio n° 1136
Comment survivre aux fêtes de fin d'année, Librio n° 1267
Les Pires Arnaques de l'histoire, Librio n° 1308

Orlando de Rudder

Manuel de la gueule de bois

Avant, pendant, après

Librio

Introduction

Préface et paratonnerre[1]

1. Mode d'emploi de cet ouvrage. Sources

Les veilles ont trop souvent des lendemains mauvais. Qui ne s'est éveillé par un matin jaunâtre, le crâne dolent, l'estomac vaseux, la raison vacillante? La cuite, la muflée, le pompon, la biture conduisent à des états peu souhaitables.

Gueule de bois, casquette en plomb, mâchoire de marbre ou d'acajou, xylostome[2]… il existe ainsi maintes expressions parfois imagées, souvent poétiques, pour désigner l'état nauséeux suivant d'excessives libations. La diversité de cette terminologie répond à celle des remèdes supposés faire cesser ce malaise. Ce malaise, parfois insoutenable, n'empêche pas son renouvellement. La gueule de bois fait effectivement naître des «serments d'ivrogne». On se dit: «Jamais plus.» Et pourtant… l'alcool possède sa propre magie, l'alcool fascine, c'est-à-dire qu'il attire tout en repoussant. Malgré ses conséquences pénibles, certains recherchent, une fois de plus, l'ivresse… la gueule de bois, presque inévitable, s'installe ensuite.

Nous essaierons ici d'en cerner certains aspects, puis de donner les remèdes qui nous sont parvenus. En cas d'urgence, on consultera l'index. On y trouvera certainement ce qu'on cherche. Nos sources sont diverses. Certaines viennent

1. «La préface pourrait être intitulée: le paratonnerre», Lichtenberg, (Georg Christof), *Aphorismes*, traduction de Marthe Robert, Les Presses d'Aujourd'hui, Paris, 1980.
2. On reconnaîtra dans ce mot la traduction grecque francisée de «gueule de bois», selon la bonne vieille tradition du grec médical, bien proche, parfois, du latin de cuisine… Ce terme, qui n'a rien d'officiel, semble avoir été inventé par Georges Auriol, ou par Alphonse Allais.

d'habitués de la gueule de bois, ivrognes et poivrots que nous avons interrogés durant leurs rares moments de lucidité. D'autres font partie du folklore. D'autres encore sont tirées d'articles de journaux, d'ouvrages paramédicaux. Des avis de médecins complètent ce *corpus*. Enfin, nous avons aussi interrogé quelques sorciers, barmen et tenanciers d'estaminets divers[1].

2. Recommandations

Nous déconseillons ici à nos lecteurs d'user sans discernement des recettes qui suivent. Parfois nées dans la pensée d'esprits embués, elles ne constituent pas toujours de réels palliatifs. Ou alors, idéalement, dans la rêverie naïve, voire magique de personnes momentanément angoissées par leur intoxication même. Le remède anti-gueule de bois s'invente parfois spontanément, par rapprochements, analogies ou vague inspiration. Nous ne sommes pas très loin des médecines anciennes ou traditionnelles, comme la fameuse «théorie des signatures» qui recommandait de se servir de plantes ou de fruits ressemblant à l'organe malade, ou de la médecine «spéculative» rêvant aux propriétés des substances qui procédaient du même type de mentalité. Ces errements, ne l'oublions pas, permirent tout de même certaines guérisons, tandis que le cadre rigoureux des ratiocinations médicales d'autrefois préparait le terrain aux voies nouvelles de l'efficacité immédiate. Encore fallait-il que les plantes et les substances en question fussent disponibles. Il en est de même pour la xylostomothérapie. On improvise des remèdes à la gueule de bois selon les produits et matériaux disponibles à ce moment-là. Hélas, le malheureux qui se réveille dans un triste état n'a pas le recul nécessaire pour juger de l'efficacité de ce qu'il est tenté d'absorber. Il y a donc danger: celui d'ajouter aux troubles préexistants de nouveaux troubles peut-être plus graves. Dans le doute, il semble plus efficace d'aller consulter un médecin. Ces

1. Il va sans dire que nous remercions toutes les personnes qui nous ont aidé. Nous n'en produirons pas la liste. D'une part, elle serait bien longue, d'autre part certains préfèrent conserver l'anonymat.

derniers redoutent les « lendemains de fête ». Ils savent que, ces jours-là, leurs salles d'attente seront pleines d'êtres ombrageux, au teint blafard et qui vacillent tout en conservant une vague apparence humaine.

3. Plan de l'ouvrage

Cet ouvrage se compose de quatre parties : avant la prise d'alcool, pendant les libations, juste après et ensuite. On trouvera donc des recettes et des précautions correspondant à chacune de ces étapes. Autant dire qu'il s'agit aussi d'une sorte de « méthode » amusée, d'un « mode d'emploi » ironique de l'alcool, d'un itinéraire.

4. De la « méthode » et du renoncement provisoire à l'expérience

Notez la présence de guillemets sur le ci-dessus mot « méthode ». Il ne veut pas dire que nos investigations aient été méthodiques. Loin de là. Pas plus qu'elles ne furent expérimentales. Pour tester chacune des recettes de ce livre, il faudrait disposer d'un groupe de personnes représentatives de la population buveuse, afin de les soûler consciencieusement. Ensuite, il suffirait de leur administrer l'un des remèdes contre la gueule de bois contenus dans cet ouvrage. Après quoi, une batterie de tests nous permettraient d'en mesurer l'efficacité. L'opération serait à recommencer pour chacune des recettes. Mais aussi pour chacune des boissons responsables de l'ivresse. Ce serait une première étape.

Ensuite, pour que l'étude soit crédible, nous devrions combiner les remèdes pour avant, pendant, après la prise d'alcool, d'une façon progressive. Il nous faudrait donc plusieurs groupes de cobayes humains. Disons autant de groupes qu'il peut y avoir de combinaisons de remèdes. En les prenant quatre par quatre, nous obtenons un nombre gigantesque, inimaginable, voire incommensurable pour nos pauvres esprits fatigués. De plus, pour que la généralisation des résultats puisse avoir quelque sens, il nous resterait à confronter les résultats de ces études avec ceux de divers groupes de buveurs n'utilisant pas les recettes, n'en utilisant qu'une, ou deux, ou trois... Alors, une troisième série de groupes recevrait des imitations de ces remèdes, des placebos. On peut déjà considérer que ceux-ci seraient difficiles à réaliser. Admettons qu'on puisse le faire. Il conviendrait alors de voir si le taux de mieux-être, chez les sujets ayant ingurgité des substances inertes, serait si significativement moindre que celui des personnes ayant tâté des véritables remèdes. Bien entendu, tout serait alors à recommencer avec telle ou telle boisson, puis tel ou tel mélange de boissons.

C'est beau, la science, la méthode, l'expérimentation. Néanmoins, ce n'est pas très pratique. Nous nous sommes donc résolument abstenu (!) de ces démarches admirables.

Peut-être quelques savants décideront-ils un jour de promouvoir la série d'expériences décrites ci-dessus. Peut-être même les progrès scientifique, épistémologique et technique leur permettront-ils d'en imaginer d'autres, plus modernes, plus efficaces, plus probantes. Ce serait, que nul n'en doute, un grand service à rendre à l'humanité souffrante aux lendemains de certaines veilles. Hélas, le financement posera problème. Nul doute que les organismes scientifiques seront intéressés par cette intéressante démarche. Le ministère de la Recherche scientifique donnera, soyons-en sûr, son aval. Mais... Mais il faudra remplir d'innombrables dossiers, se lancer dans une foule de formalités sujettes à maintes tracasseries administratives et réglementaires, voire les deux à la fois. De plus... imagine-t-on un respectable chercheur demandant une subvention à l'État pour acheter de l'alcool, des vins, de la bière, des spiritueux divers tout autant que variés? L'imagine-t-on rédigeant son dossier en expliquant que les deniers publics serviront à produire d'effroyables bitures? Pour ces raisons comme pour d'autres, l'auteur de ces lignes s'est bien gardé de tester l'intégralité de ce qui va suivre. Le lecteur peut le faire, ou non. Il convient cependant de le prévenir: celui qui essaierait toutes les recettes données ci-dessous prendrait, à coup sûr, pas mal de risques.

5. Plan et justification de la seconde partie

La gueule de bois occasionnelle n'est pas grave. Lorsqu'elle devient fréquente, il y a lieu de s'inquiéter. Il serait absurde de traiter ce sujet sans en étudier les raisons et les causes. La seconde partie de ce manuel parlera de l'ivresse, de l'alcool, mais aussi de l'alcoolisme. Ce dernier sujet est grave. Afin que cet ouvrage soit le plus complet possible, il nous a semblé utile, voire nécessaire de donner, sous une forme condensée, le plus d'informations possible sur cette maladie. Rappelons que certaines personnes en sont atteintes sans le savoir. On trouvera, toujours dans cette seconde partie, une liste des signes indiquant qu'il convient sans doute de mettre le holà, de s'arrêter avant qu'il ne soit trop tard.

6. Choisir son ivresse…

Commençons donc par le commencement. Après tout, nous pouvons prévoir d'être ivre, ou de ne pas l'être. Lorsque le réveillon approche, lorsque des amis se marient, si nous sommes invités au banquet des anciens de tel ou tel collège, nous savons qu'il y aura de l'alcool. Nous pouvons décider que nous demeurerons tempérants, que nous boirons peu, ou alors que, pour une fois, et allez donc, on se permettra une griserie légère, à moins qu'on ne décide posément d'être soûl comme une vache, ou comme un Polonais, ce qui est plus digne[1]. La première précaution, dans ce cas, c'est de renoncer à la conduite automobile. Une cuite, mais aussi un léger pompon au volant peuvent avoir des suites dangereuses. Après quoi, choisissons notre ivresse en connaissance de cause…

1. Cette expression ne désigne pas une conduite désordonnée ni des propos incohérents. À l'origine, elle rendait plutôt hommage aux Polonais. Ces derniers eurent jadis la réputation de pouvoir ingurgiter de phénoménales quantités d'alcool sans qu'il y paraisse. Bref, est « soûl comme un Polonais » celui qui n'a pas l'air d'être ivre…

Première partie

Donne-lui tout de même à boire, dit mon père.

Victor HUGO,
La Légende des siècles.

1

Avant de boire

S'il y a une faute qui porte en soi un caractère de réprobation, on peut dire que c'est l'intempérance, qui conduit insensiblement à l'athéisme.

L'Ouvrier, ses vrais intérêts,
par une association de jeunes gens, 1877[1].

Talismans

Mieux vaut prévenir que guérir… forts de cet adage, beaucoup ont imaginé des talismans pour prévenir l'ivresse, comme ses conséquences.

Améthyste

Cette belle pierre porte un nom grec signifiant : « Qui n'est pas ivre. » C'est la « pierre de tempérance » de la tradition. Il semble que ce soit pour cette raison que les évêques la portent : ils doivent gérer leur diocèse en se gardant de toute ivresse, fût-elle spirituelle. Ceci contrairement aux ermites qui doivent entièrement s'y donner.

Cette pierre n'aurait pas seulement une action préventive. Elle guérirait de la goutte, parfois conséquence lointaine d'abus divers, dont celui de l'alcool. Elle immuniserait contre les poisons.

L'améthyste est violette, c'est la couleur de la tempérance, d'un équilibre mêlant une proportion égale de rouge et de bleu. On la considère, en général, comme le symbole de l'alchimie.

1. Cité par Bechtel (Guy) et Carrière (Jean-Claude), *Dictionnaire de la bêtise et des erreurs de jugement*, Robert Laffont, Paris, 1965.

« Il me semble qu'elle puisse indiquer également une transfusion spirituelle… Il suffit de rappeler qu'en Grèce classique l'acte de verser d'un vase dans l'autre est pris comme le synonyme de la métempsycose[1]. »

L'alchimie, d'après les auteurs du *Dictionnaire des symboles*, repose sur le thème de l'échange perpétuel entre ciel et terre par le mécanisme de l'évolution — ou ascension — suivie de l'involution — ou redescente.

La tempérance, c'est aussi l'arcane XIIII[2] du tarot : un ange y tient un vase rouge, un vase bleu dont le mélange produit l'eau vitale, incolore et régénératrice. Verser d'un vase dans l'autre… rappelons que le vase symbolise le lieu dans lequel les merveilles s'opèrent. Mais aussi le corps humain. C'est, d'autre part, le sein maternel dans lequel une nouvelle naissance se forme… le vase ouvert par le haut indique une réceptivité aux influences célestes. Nous voici bien avancés. Pourtant, l'acte même de boire est un transvasement. Quant au cycle de l'ascension et de la descente, ne pourrait-il pas tout aussi bien représenter l'ivresse joyeuse, suivie de la gueule de bois ? Après quoi, le retour à l'état normal s'apparenterait alors à une renaissance… la question méritait d'être posée.

Il convient donc de se munir d'une bague ou d'un bijou comprenant une améthyste avant la beuverie pour ne pas être ivre, et, par là même, ne pas souffrir d'intoxication alcoolique menant à la gueule de bois.

Marrons

L'améthyste est bien coûteuse. Si l'on se trouve gêné financièrement, il est possible de la remplacer par trois marrons que l'on garde dans sa poche. Est-ce parce que le marronnier symbolise la prévoyance ?

Il semblerait plus raisonnable de se servir des marrons d'une autre façon. L'écorce du châtaignier produit de l'esculine, un

1. Van Rijnberk cité par Chevalier (Jean) et Gheerbrant (Alain), *Dictionnaire des symboles*, coll. Bouquins, Robert Laffont, Paris, 1982. Ce qui suit, concernant l'améthyste et la couleur violette, provient de cet ouvrage.
2. Les chiffres romains désignant les lames des tarots s'écrivent « à l'ancienne », donc on lira bien XIIII et non XIV.

succédané de la quinine. C'est un tonique qui sert aussi à diminuer les matières solides dans l'urine. L'huile tirée du marron d'Inde aurait un effet contre la goutte, conséquence fréquente de l'abus gastronomique et alcoolique, tout en soignant aussi les rhumatismes.

Préventions de l'ivresse

Huiles

De façon encore plus positive, on peut ingérer certains produits annihilant ou amoindrissant les effets de l'alcool comme, par exemple, le bon vieux verre d'huile ingéré avant la prise de boisson. Certains prônent l'huile d'olive vierge, première pression à froid, d'autres ne jurent que par l'huile de tournesol tout aussi vierge et de première pression à froid. Cette dernière contiendrait certaines vitamines bienfaisantes. À vrai dire, l'huile d'arachide ou de noisette ferait tout aussi bien l'affaire, puisque le but recherché est tout simplement d'isoler par un film gras la paroi stomacale. Ceci afin que l'alcool ne soit pas digéré, qu'il ne passe pas dans le sang… L'huile peut aussi être utilisée après l'alcoolisation : un de mes amis médecins m'a raconté avoir eu un patient qui ingurgitait, *horresco referens*, de l'huile de vidange pour se faire vomir après avoir bu… Ce patient, faut-il le préciser ? présentait, par ailleurs, certains troubles psychologiques.

Comme nous le verrons maintes fois au fil de cet ouvrage, les remèdes contre la gueule de bois ne sont pas entièrement prônés pour leurs qualités médicinales, réelles ou supposées. La pensée magique joue ici son rôle. L'huile intervient dans les rituels de régénération : c'est l'onction du sacre, du baptême. Elle symbolise le dépouillement des vêtements, de l'écorce ancienne, l'ouverture à la vérité, la lumière. Oui, la lumière de la lampe à huile des temps anciens. C'est aussi une nourriture. Bref, l'esprit embrumé par l'ivresse sera nourri, régénéré, éclairé par l'huile. En plus, certains oléagineux contiennent des vitamines. Attention cependant à l'huile de fusel, contenue dans le whisky, le cognac, à raison de 1,4 g à 1,9 g par litre. Ce serait un produit nocif, ajoutant à la toxicité de l'alcool.

Graisse de baleine

Les Esquimaux se régalent de graisse de baleine gelée sur le pouce. On peut toujours essayer. Rappelons que, dans les contrées soumises aux lois et aux usages scandinaves, comme, d'ailleurs, en Islande, on ne boit généralement qu'une fois par semaine. On y rencontre chaque samedi un bon nombre d'imbriaques[1] ou d'individus ivres morts. Peut-être ne consomment-ils pas assez de graisse de baleine. Notons que maintes associations écologistes s'alarment de la disparition progressive de ces cétacés. De plus, la chasse à la baleine est réglementée. Il est donc déconseillé d'en tuer une pour s'assurer d'une bonne provision de gras.

Dans certaines campagnes, on aime les tartines de saindoux, voire de graisse d'oie ou de canard. Il nous a été assuré que ça pouvait prévenir l'ivresse. Dans ce cas, un bon sandwich aux rillettes serait peut-être plus agréable. Avec des cornichons... Nous verrons ci-dessous, à la rubrique *Œufs*, que la mayonnaise est aussi préconisée pour prévenir l'ivresse.

Pansements gastriques

Isoler l'estomac peut se faire avec l'un des nombreux pansements gastriques tels le Normogastryl ou le Préfagyl qui servent à soigner les troubles digestifs. Cela dit, nous ne voulons pas, dans cet ouvrage, favoriser l'automédication. Il existe, pour la plupart des médicaments, certaines contre-indications. Insistons donc sur le fait que nous devons demander conseil à un médecin ou à un pharmacien avant d'ingérer un produit de l'industrie pharmaceutique. Cela dit, voici quelques autres médicaments couramment utilisés pour prévenir la gueule de bois.

Terre

Il existe des peuples géophages, des cultures qui prônent de manger de la terre. Pour ce qui est de la prévention de l'ivresse, il est parfois conseillé de mâcher longuement, puis d'avaler trois cuillerées à soupe de terre, de préférence argileuse. Cette substance aurait pour effet d'absorber l'alcool, voire de l'empêcher d'être digéré. On peut tout aussi bien voir dans cette pratique un rapport magique au réel, un symbolisme de la naissance ou tout

1. Du latin *ebriacus*, ivre.

ce qu'on voudra. Il ne semble pas que ce soit réellement nocif. Éviter, toutefois, d'absorber la terre d'un champ traité aux phosphates, au fumier ou saupoudré de pesticides…

Médicaments

On peut aussi utiliser le citrate de bétaïne ou l'oxyboldine. Une petite cure de l'un de ces médicaments quelques jours avant les agapes serait efficace. Étrangement, on prône aussi préventivement l'aspirine. Un ou deux comprimés de cet acide permettraient de mieux supporter l'alcool. Le mélange aspirine + alcool est cependant susceptible de créer des lésions. On recommande généralement d'attendre six heures après la prise d'alcool pour ingérer de l'aspirine.

Homéopathie

Les homéopathes conseillent parfois de prendre, une heure avant de boire, trois granules d'Éthylicum 9CH et de Paulinia Sorbilis 9CH. L'Éthylicum est, comme son nom l'indique, une dilution infinitésimale d'alcool.

Œufs

Le blanc d'œuf, tel quel ou sous forme de liqueur albuminée (1 l d'eau, quatre blancs d'œufs, sucre à volonté), isolerait, lui aussi, la paroi stomacale et préviendrait l'acidité gastrique. On gardera les jaunes pour concocter un lait de poule, un sabayon, voire pour préparer une mayonnaise.

Mayonnaise

De l'huile, du jus de citron, des œufs… autant tout mélanger. En effet, pourquoi ne pas se gaver de mayonnaise avant de boire ? Ce remède nous a effectivement été proposé. Dans certains pays d'Afrique, il est d'usage d'offrir une tartine de mayonnaise au début du repas. Serait-ce pour éviter l'ivresse ? Le vin de palme tape dur !

Au cours des réceptions, surprises-parties et autres cocktails, on sert souvent de petits sandwiches et canapés comprenant cette émulsion. Cela rejoint l'idée qu'il ne faut pas être à jeun. Boire avec l'estomac vide expose à une intoxication plus forte, voire même à des lésions gastriques.

Chou

Depuis Aristote, au moins, le chou est préconisé contre toutes sortes d'affections. Il n'est donc pas surprenant de le voir cité en tant qu'agent préventif de la gueule de bois. On conseille souvent une salade de chou rouge au jus de citron. Les vitamines contenues dans le chou, comme dans le citron, seraient bénéfiques et « désintoxicantes », tandis que l'huile nécessaire à l'assaisonnement jouerait le rôle d'isolant stomachique, comme nous venons de le voir.

Olives

Les olives confites auraient pour effet « d'élargir le conduit urinaire, empêcher les vapeurs de monter au cerveau et d'entrer dans les veines[1] ». L'huile accompagnant les olives semble plus directement efficace. L'olivier, chez les Anciens, est symbole de sagesse. Peut-être que les olives nous prédisposent à nous conduire sagement et à ne pas boire plus que de raison.

Le bois d'olivier, selon une légende chinoise, neutraliserait les poisons. On peut donc l'utiliser contre l'empoisonnement par l'alcool. Pour l'islam, l'huile d'olive est associée à la lumière. Ne peut-elle pas éclairer les esprits embrumés ou obscurcis par l'abus d'éthyle[2] ? Hélas, les pays islamiques connaissent le meilleur remède au monde contre la gueule de bois : ne pas boire, puisque l'alcool y est prohibé.

Amandes, noyaux et looch

Les amandes amères et les noyaux de pêches qui leur ressemblent sont employés dans une foule de remèdes. L'une des préparations les plus utilisées dans la médecine ancienne fut le looch (prononcer lok), dont le nom viendrait de l'arabe *lahok*, dérivé de *lahak*, qui signifie sécher. On distingue le looch blanc, mélange d'amandes douces et amères pilées avec de la gomme et de la fleur d'oranger, dont l'effet calmant et légèrement sédatif peut être utile contre la gueule de bois. Le looch huileux semble toutefois mieux approprié : il s'agit d'un mélange d'huile

1. Cf. Bologne (Jean Claude), *Histoire morale et culturelle de nos boissons*, Robert Laffont, Paris, 1991.
2. Cf. Le Coran 24, 35, *La Lumière.*

d'amandes douces, d'eau distillée, d'eau de fleurs d'oranger. Ces deux remèdes ne se conservent pas.

On préconise aussi le lait d'amandes, qui, comme la plupart des remèdes préventifs, isolerait la muqueuse stomacale : pour 250 g d'amandes, ajouter 180 g de sucre ou de miel, 15 g d'eau de fleurs d'oranger, jeter le tout dans 1 l d'eau chaude et faire réduire de moitié. Ce mélange se consomme froid. On peut aussi s'en servir comme lotion pour la peau, ce qui, peut-être, aidera à restaurer un teint brouillé après un abus d'alcool.

Liqueur de noyaux

Un petit verre de crème de noyaux, d'amaretto ou de noyau de Poissy est souvent conseillé. Ces boissons sont excellentes. Toutefois, il semble qu'elles ne feraient qu'ajouter à l'alcoolémie.

L'amande et le noyau symbolisent la lumière céleste, le secret que l'on doit découvrir avant de s'en nourrir et une vie nouvelle. L'amande « semence de Zeus » représente, de plus, la puissance créatrice. Si, avec tout cela, nous ne nous sentons pas mieux, c'est que nous y mettons de la mauvaise volonté. Ces remèdes préventifs contiennent pour la plupart des graisses, des protéines et du sucre, ce qui aurait pour effet de diminuer la vitesse d'absorption de l'alcool par l'organisme. Munis de ces préparations et de ces talismans, nous sommes prêts à affronter l'alcoolémie délibérée. C'est la fête, nous savons que nous allons boire.

Cependant, il nous semble nécessaire, avant de passer aux remèdes suivants, de prévenir le lecteur. Boire n'est jamais innocent. Nous verrons plus loin quelques aspects de la présence constante de boissons fortes dans notre monde. Oui, il nous semble nécessaire de réfléchir à ce qu'est l'alcool, à ce qu'il signifie pour nous, à sa place dans notre société, comme dans d'autres. En même temps, il serait raisonnable de chercher à savoir pourquoi nous buvons, ce que nous cherchons dans la boisson, comme ce qu'elle fait sourdre de nos imaginaires, ce que l'alcool *révèle*... Voilà qui peut constituer un bon sujet de réflexion pour les conversations embrumées de fin de soirée, lorsqu'on refait le monde, qu'on résout tous les problèmes d'une voix aggravée par la boisson et par le tabac... mais nous n'en sommes pas encore là.

2

En buvant

Je n'étais pas dupe des verres que nous vidions ensemble.

Philippe DJIAN, *Crocodiles*,
Bernard Barrault Éditeur.

Ne pas être à jeun

On aura soin de se nourrir lorsqu'on boit. Par chance, les olives, les amandes, dont nous venons de voir les supposés bienfaits, sont généralement présentées avec les boissons. De même, l'infinie variété des biscuits apéritifs peut être bénéfique. Le sel, les graisses, les farines qu'ils contiennent permettront, eux aussi, de retarder l'imprégnation alcoolique. Toutefois rien n'empêchera l'alcool bu d'être absorbé par l'organisme.

De toute façon, l'effet de bien-être procuré par l'alcool cesse généralement lorsque le taux d'alcool dans le sang devient supérieur à 0,05 %. À ce degré, on se sent euphorique, sociable et gai. Voici, par rapport au poids de l'individu, ce qu'il serait raisonnable de boire. La colonne de gauche indique le poids du sujet, celle de droite le nombre de verres qu'il peut boire. Un verre correspond à 375 ml de bière, ou 125 ml de vin, ou 75 ml d'apéritif, ou encore 40 ml d'alcool : whisky, gin, etc.[1].

1. D'après Vogler et Bartz cités dans: Coon (Denis), *Introduction à la psychologie*. Adaptation de Robert Ducharme, Éditions Beauchemin, Chomedey-Laval (Québec), 1991.

Poids du sujet	Nombre de verres que ce dernier peut boire
45 kg	0,75
55 kg	1,00
65 kg	1,25
70 kg	1,30
80 kg	1,50
90 kg	1,60
100 kg	1,80

Au-delà, il devient nécessaire de se livrer à de savants calculs. N'oublions cependant pas que la résistance à l'alcool demeure variable selon les individus. Il peut donc advenir qu'une personne de 60 kg se sente bien après trois verres, tandis qu'un costaud de 120 kg s'écroulera peut-être après avoir ingéré deux doigts de porto. L'habitude, l'accoutumance jouent ici un rôle.

Si l'on est simplement éméché, il faut éviter de prendre l'air à la fenêtre d'une automobile roulant à vive allure. On risque tout bonnement de voir la sensation d'ivresse, de vertige augmenter sensiblement, jusqu'à la nausée. Si l'on a dépassé la dose prescrite et que l'on veut continuer à boire, on prend des risques. On peut alors se faire vomir, comme le faisaient les Romains.

Procédé romain

On connaît la façon plutôt brutale d'élimination qu'utilisaient les Romains. Il s'agit, pour pouvoir continuer à banqueter, à manger et à boire, de se faire vomir. Cette solution peu élégante peut être appliquée juste après la prise de boissons au moyen de la simple plume d'oiseau chatouillant le fond de la gorge, ou de n'importe quel vomitif. Il faut toutefois se méfier de tout excès. Rappelons ici que le fait de manger ou de boire beaucoup afin de se faire vomir après peut être un signe de troubles psychiques graves. En outre, le vomissement trop fréquent fatigue l'organisme et ne saurait être conseillé. On peut aussi diluer l'alcool pour retarder son assimilation par le sang. Ce ne sera, hélas, que partie remise.

Eau

Le mieux serait d'éliminer le plus possible. C'est pourquoi il est conseillé de boire un grand verre d'eau entre deux verres d'alcool. Ce qui permet de diluer cet alcool d'une part, donc d'en diminuer la quantité directement en contact avec l'estomac, mais aussi, d'autre part, de l'éliminer, puisque cette masse de liquide fera uriner. Pour les mêmes raisons, les tisanes diurétiques et les eaux minérales ayant le même effet sont on ne peut plus indiquées. Certaines eaux minérales, très alcalines, joueraient un rôle à la fois préventif et curatif. On cite le plus souvent les diverses eaux de Vichy.

Bloody Mary

Ce cocktail est généralement consommé pour calmer la gueule de bois. Nous en traiterons donc au chapitre 3. Cela dit, il nous a été maintes fois cité comme préventif et palliatif de l'ivresse. D'aucuns prétendent que cette boisson n'enivre pas. On peut toujours essayer. L'effet n'est cependant pas garanti.

Savoir ce que l'on boit

Le buveur expérimenté sait qu'à dose égale d'alcool il supporte plus facilement certaines boissons que d'autres. Parfois même, une quantité moyenne d'une certaine liqueur le rendra plus malade qu'une plus grande quantité d'autre chose, cette autre chose fût-elle beaucoup plus alcoolisée. Ceci vient probablement des différents éléments autres que l'alcool qui se trouvent dans les boissons et dont l'association avec l'éthanol peut ne pas être supportée par l'organisme. Parfois même au point de provoquer de véritables allergies. L'expérience devra, une nouvelle fois, nous conseiller en cette matière.

3

Après avoir bu un peu, ou beaucoup, mais pas encore passionnément

Je suis ivre, je le sais,
Allons, des verres, des coupes, je boirai encore !
Cent ans contiennent trente-six mille cinq cents jours
Puissé-je vider chaque jour trois cents verres !

LI T'AI PO, *Chanson de Siang-Yang*.

Admettons, pour l'instant, que nous ayons trop bu, mais que nous en soyons conscients. À ce stade, l'ivresse est charmante. C'est l'heure des paradoxes amusants, de la conversation enjouée, du marivaudage... les yeux des femmes brillent tandis qu'elles commencent à rire d'une jolie façon, mais un peu plus fort que d'habitude. Les parfums semblent soudainement plus denses, les couleurs plus vives. Désirons-nous en rester là ? Voulons-nous savourer la griserie telle qu'elle se présente ? Alors, arrêtons de boire et divaguons gentiment. Ou alors...

Eau fraîche

Si cette griserie risque de devenir pénible, n'allons pas chercher midi à quatorze heures : un peu d'eau fraîche sur le front, les tempes, nous rassérénera. On peut aussi s'allonger avec une serviette humide sur le front.

Alcali volatil ou ammoniaque

«On dissipe l'ivresse ordinairement en quelques minutes en faisant boire au malade un verre d'eau sucrée dans laquelle on verse 8 à 10 gouttes d'ammoniaque (alcali volatil)[1].»

Ammoniaque et alcali sont synonymes. Ammoniaque vient du grec *ammôniakon*, qui désignait ce produit que l'on recueillait jadis près du temple de Jupiter-Ammon en Libye. Alcali vient de l'arabe *al-qâly*, qui signifie: soude. Ce procédé aurait, de plus, l'avantage de calmer les aigreurs d'estomac. L'acidité gastrique serait alors combattue par la soude, qui est une base.

Massage

Il existe un point, entre les tempes et les oreilles, que l'on peut masser, ou se faire masser du bout des doigts. On le trouve facilement puisque, en le frottant doucement, par des mouvements circulaires, on sent immédiatement un peu d'apaisement. Certains préconisent de frotter ces zones avec un glaçon.

Grignoter

Bien entendu, il faut continuer à grignoter des biscuits apéritifs, des olives, et boire de l'eau ou des jus de fruits.

Film d'horreur

On nous a assuré qu'une intense frayeur dessoûle immédiatement. Si l'on dispose d'une cassette vidéo effrayante et d'un magnétoscope, il est possible de le vérifier.

Remèdes pour combattre le hoquet

Sous l'effet d'un alcool fort, il arrive que le diaphragme en vienne à se contracter d'une façon tout aussi saccadée que désagréable. Le hoquet se déclare. De soubresauts en «hics» sonores, ce hoquet risque de gâcher la soirée.

Il existe une infinité de remèdes contre le hoquet. Tenter d'être exhaustif en cette matière nous mènerait à composer un autre

1. *Dictionnaire universel de la vie pratique à la ville et à la campagne*, Hachette, Paris, 1882 (première édition 1859).

ouvrage. Nous ne citerons donc que ceux que nous avons personnellement essayés.

Généralement, de bonnes âmes, pour aider le malheureux hoqueteux, poussent soudainement des cris stridents, afin de le faire sursauter, de lui faire peur… Une forte contraction du diaphragme, sous l'effet de la surprise, en arrêterait les tensions saccadées, périodiques et spasmodiques. Ça ne réussit pas souvent. La projection d'un film d'horreur pourrait produire le même effet.

Boire un verre d'eau la tête en bas

Il n'est pas besoin, pour cela, de faire les pieds au mur. Il suffit de se pencher en avant et de déglutir en serrant les lèvres sur la partie du bord du verre la plus éloignée de la bouche. C'est efficace, mais, la plupart du temps, on renverse de l'eau par terre, tandis que l'assistance s'amuse et se gausse.

Masser la phalangette

À l'aide de l'ongle du pouce gauche, gratter le bout de l'index gauche, le long du côté de l'ongle. L'effet se fait parfois attendre.

Sucre au citron, ou au vinaigre

Quelques gouttes de jus de citron ou de vinaigre sur un morceau de sucre abolissent immédiatement le hoquet le plus rebelle. Le goût de ce remède, à la fois aigre et doux, surprend, fait saliver tout en détendant le diaphragme.

Si l'on a décidé de continuer à boire, ces petits conseils nous y aideront. Évidemment, si le vin est exquis, mais qu'on hésite à se resservir par crainte de se retrouver dans un état peu souhaité, il suffit de se retirer et de se faire vomir : les recettes, dans le chapitre suivant, ne manquent pas. C'est un usage fort ancien et somme toute assez pénible. Certes, une quantité d'alcool sera passée dans le sang. Mais on peut recommencer de zéro en utilisant les remèdes préconisés ci-dessus pour se préparer à boire. Il ne serait pas raisonnable de réitérer cette manœuvre.

On peut aussi ignorer tout cela et continuer de s'imbiber, jusqu'à l'outre-mesure, jusqu'à la crapule[1]. Mais alors, nous abordons l'ivresse véritable, l'abus pur et simple. Et donc, la redoutable et consécutive gueule de bois. C'est un choix. Puisque nous sommes encore lucides, explorons les remèdes à ce mal…

1. Du latin *crapula*, ivresse. Ce mot a longtemps désigné la beuverie exagérée, l'ivresse extrême. De là, il s'est étendu pour désigner celui qui se livre à cette débauche, puis à d'autres débauches, enfin tout individu malhonnête, louche, bref, toutes sortes de canailles.

4

Lorsque le mal est fait

> — NON, NON, JE SUIS TROP MALADE, VRAIMENT TROP MALADE. JE VEUX PAS QUE VOUS ME VOYIEZ DANS CET ÉTAT-LÀ.
>
> Charles BUKOWSKI,
> *Mémoires d'un vieux dégueulasse.*

C'est l'heure blême et sans joie du fameux « serment d'ivrogne »... C'est qu'à ce moment-là, l'esprit déjante, l'esprit se perd d'une façon morose. Certes, il s'égara déjà, le soir précédent : il y eut l'excitation, la véhémence, la verve ou, au contraire, le vin triste, le désespoir, l'effondrement. Quelle est donc cette magie de l'alcool ? Toujours est-il que, la bouche pâteuse, l'œil vague et jaune, l'estomac retourné, nous nous regardons dans la glace pour y contempler une tête de décharge municipale.

Pendant ce temps, à l'intérieur de notre crâne, une armée de tambours-majors s'en donne à cœur joie. Quelques questions métaphysiques pouvant commencer par « à quoi bon ? » s'insinuent sournoisement dans notre esprit. Notre mâchoire pèse trente-sept tonnes, sans les dents. En plus, voilà qu'on tremble... Fait-il chaud ? fait-il froid ? ou les deux à la fois ? D'un pas hésitant, on ouvre l'armoire à pharmacie... prêt à ingurgiter n'importe quoi dans l'espoir d'une rémission, on cherche des trucs et des machins... eh bien, ces trucs, les voici...

Remèdes divers

Œufs

À moins d'être déjà la proie de nausées, on peut prendre un reconstituant, comme le lait de poule : battre un jaune d'œuf avec de l'eau de fleur d'oranger, du citron et du sucre. Certains y ajoutent du gin, ou du genièvre. Le blanc de l'œuf ainsi utilisé pourra servir à confectionner la « liqueur albuminique » par simple mélange avec un quart de litre d'eau. L'albumine serait indiquée contre les empoisonnements. Elle combattrait l'acidité gastrique.

Sabayon

Le sabayon, ou zabaglione, est utilisé en Italie comme reconstituant. On le prépare en battant un jaune d'œuf dans du marsala, ou du banyuls. Certains préfèrent un vin blanc sec. On ajoute du sucre à volonté, avant de faire tiédir le mélange, afin qu'il prenne. Une variante nordique remplace le vin par de la bière brune, Stout ou Porter, voire de la simple « Foncée Piedbœuf » qu'on laisse boire aux enfants dans toute la Belgique.

Omelette aux truffes

Citons, à propos d'œufs, une recette alléchante. Elle est précédée de divers conseils déjà mentionnés ici :

> « Vous avez trop bien terminé l'année dernière. Alors, vous ne vous sentez pas tellement en forme pour commencer l'année nouvelle. En pareil cas, le cachet d'aspirine, le verre d'eau salée, le "lait de poule", le jus de citron très chaud, le comprimé de réglisse bismuth, le bon vieux bicarbonate de soude sont notamment recommandés.
>
> Et aussi "l'omelette aux truffes". De ces truffes (Notre-Dame du Périgord) dont la belle saison est déjà commencée...[1] »

1. Guy (Christian), *Almanach historique de la gastronomie française*, Hachette, Paris, 1981, en date du 1er janvier. Notons que le bismuth est désormais prohibé. Il semblerait que de nombreuses contre-indications l'emportent sur les bienfaits qu'il pourrait procurer.

Voici la recette classique de l'omelette aux truffes:

> «Ajouter aux œufs, 2 ou 3 cuillerées de truffes coupées en fines lamelles, assaisonnées de sel et de poivre frais moulu. Faire l'omelette et ranger sur le dessus quelques grosses lames de truffes chauffées dans de la glace de viande légèrement beurrée *(sic)*[1]. »

Que n'a-t-on point dit à propos des truffes? Elles seraient un «concentré d'énergie». Soignent-elles la gueule de bois? c'est une autre histoire. En général, les truffes sont plutôt considérées comme aphrodisiaques:

> «Qui dit *truffe* prononce un grand mot qui réveille des souvenirs érotiques et gourmands chez le sexe portant jupes, et des souvenirs gourmands et érotiques chez le sexe portant barbe[2]... »

Cet effet aphrodisiaque sera-t-il suffisant pour pallier l'effet inverse de l'alcool? Quoi qu'il en puisse être, on ne risque rien à déguster une omelette aux truffes.

Aspirine

1 à 3 comprimés dans un verre d'eau. Ne pas oublier qu'il faut attendre six heures, au moins, après l'ingestion de boissons alcoolisées, pour pouvoir consommer de l'aspirine sans danger ou presque. L'aspirine est un acide dont il ne faut pas abuser, de toute façon, pour éviter les brûlures d'estomac, voire des lésions plus graves.

Eau salée

4 cuillerées à café de sel dans un verre d'eau. On peut aussi utiliser de l'eau de mer. L'iode qu'elle contient aurait des effets revigorants. Éviter de prélever cette eau sur une plage polluée. À boire froide ou chaude. L'eau ayant servi à dessaler de la morue serait encore plus efficace. Certains la conservent au congélateur, pour la dégeler au four à micro-ondes lorsqu'ils en ont besoin. C'est, paraît-il, l'un des remèdes en vogue au Portugal.

---

1. Escoffier (Auguste), *Ma cuisine*, Flammarion, Paris, 1934.
2. Brillat-Savarin (Jean-Anthelme), *La Physiologie du goût*, Sutelet, Paris, 1825, réédition, coll. Littérature, Julliard, Paris, 1965.

Réglisse bismuth

Ce remède n'est plus en usage. Le bismuth peut, certes, soulager momentanément. Mais ce métal est plus nocif que bénéfique. La réglisse est stomachique. On peut donc se goinfrer de Zan ou de pastilles. Il ne semble pas que ce soit d'une probante efficacité.

Bicarbonate de soude

1 à 2 cuillerées à café dans un verre d'eau. Quand on n'a pas de bicarbonate sous la main, on peut le remplacer par de la levure chimique à gâteaux. C'est le même produit mêlé d'un peu de farine.

Massage

Voir plus haut.

Phytothérapie

La phytothérapie est une « médecine douce » qui soigne par des extraits de plantes présentées en gélules. On pourra user des mêmes végétaux que pour les tisanes qui suivent. Les essences ou huiles essentielles de ces différentes plantes peuvent être employées, soit en boisson, à raison de quelques gouttes dans de l'eau sucrée, soit pour parfumer un bain.

Tisanes

En général autour de 25 g par litre d'eau.

Tisane de menthe,

tisane d'origan,

tisane de mélisse,

tisane de genièvre.

8 à 16 g de baies légèrement écrasées par litre d'eau bouillante. On peut y ajouter du genièvre (eau-de-vie) ou du gin.

Tisanes composées

Le mélange de diverses plantes permet de combiner leurs principes efficaces. La Boldoflorine, vendue dans toutes les pharmacies, donne de bons résultats. On peut lui préférer les infusions suivantes :

1 pincée de feuilles d'oranger, fraîches si possible, ou quelques gouttes d'eau de fleurs d'oranger,

1 pincée de mélisse,
1 pincée de menthe poivrée.

ou :

Thym : 25 g,
romarin : 25 g,
1/2 litre d'eau bouillante,
sucre ou miel.
Laisser infuser 5 min.

Végétaux divers

Comme toujours en cas de présence d'alcool dans le sang, il convient d'éliminer, donc de boire de l'eau, ou des tisanes diurétiques. L'usage de cholagogues, c'est-à-dire de substances favorisant la sécrétion de bile, est aussi recommandé. On prendra, par exemple, des racines de scamonée. Cette plante produit une gomme dite diagrède très soluble dans l'alcool et dont l'odeur évoque celle de la brioche. À consommer dans du lait chaud ou de l'émulsion d'amande ou du looch. Attention, la scamonée est un purgatif efficace.

Un autre cholagogue est la rhubarbe. On en utilise les tiges en infusion, à moins qu'on ne préfère le vin de rhubarbe qui, s'il contient de l'alcool, n'en est pas moins un bon tonique, un apéritif et un laxatif suivant la dose. Une tasse de tisane de rhubarbe ou un petit verre de vin de rhubarbe ne peuvent pas faire de mal et sont susceptibles d'aider à calmer les troubles digestifs dus à l'intoxication alcoolique. Sa tonicité ne gâte rien. Les mêmes effets seraient obtenus avec le tamarin. Voici la recette du vin de rhubarbe.

Vin de rhubarbe

4 l d'eau pour 3 l de jus de rhubarbe obtenu comme ci-dessous.

Laver, éplucher de jeunes tiges en tronçons.

Dans un pot de grès, les alterner par couches avec un peu de sucre. Laisser macérer durant deux jours, presser dans un linge. Mesurer le jus obtenu. Mettre le reste du sucre nécessaire, fondre dans un peu d'eau tiédie, verser ce sirop dans une bonbonne.

Ajouter l'eau. Couvrir d'un tissu et laisser fermenter durant six mois.

L'artichaut ajoute à ses qualités cholagogues l'avantage d'être un puissant diurétique. On peut donc faire infuser des feuilles d'artichaut et boire le liquide obtenu après filtrage. Certains préconisent un petit verre de Cynar. Il s'agit d'un apéritif à base d'artichaut.

L'aloès, plante originaire de l'Asie, est depuis fort longtemps employé. Ses feuilles donnent un suc légèrement stomachique et soluble dans l'alcool.

Le ginseng, par ses effets reconstituants et toniques, sera le bienvenu. On le trouve en pharmacie, mais aussi chez les marchands de produits exotiques sous la forme d'une poudre dosée en petits sachets.

Fenouil et anis s'emploient depuis toujours contre la dyspepsie. Encore une fois, une décoction ou une tisane de l'une de ces plantes devrait contribuer à faire cesser l'état nauséeux.

Herbe

Lorsqu'on a été soûl comme une vache on peut… brouter. En effet, il semblerait que la mastication d'une poignée d'herbe dûment rincée favorise l'élimination, draine l'intestin. C'est du moins ce que nous ont déclaré plusieurs personnes que nous avons interrogées pour les besoins de ce livre.

Jus de fruits

Le sucre contenu dans les fruits aide à combattre l'hypoglycémie produite par l'alcool. Le fructose accélère la destruction de l'alcool. Nous ne reviendrons pas sur les propriétés des fruits déjà mentionnées.

Préparations et classement des plantes, graines, écorces utilisées pour diverses préparations

Certains préfèrent des préparations plus complexes[1]. Les recettes qu'ils donnent sont celles d'apéritifs que l'on peut aussi boire pour le plaisir selon son goût. Ces boissons à base de plantes proviennent d'anciennes pharmacopées. Elles constituent des «remèdes» de bonne renommée *(bona fama)*[2] sans qu'on soit toujours certain de leur efficacité. Donnons, pour commencer, la classification usuelle de leurs composants. On distinguera ainsi les:

— *Excitants*, dont l'action serait bénéfique au tube digestif: bétel, cannelle, cardamome, galanga, gingembre, girofle, macis, muscade, piment, poivre et zédoaire.

— *Carminatifs*, combattant les douleurs de l'estomac et des intestins: aneth, angélique, anis, badiane, carvi ou cumin de Hollande. À propos de carminatifs, notons qu'en Inde il est d'usage de grignoter un mélange de graines afin de mieux digérer. Ces graines se retrouvent dans les «espèces carminatives» que l'on trouve encore chez certains pharmaciens, ou que l'on doit pouvoir faire préparer par d'autres.

1. Ces recettes se retrouvent dans un grand nombre d'ouvrages avec diverses variantes. Elles concluent, le plus souvent, un manuel destiné à enseigner l'art de fabriquer soi-même des liqueurs. Les auteurs desdits ouvrages mettent judicieusement les remèdes à côté du mal, ou du moins de ce qui peut le causer… voir, par exemple: Uncle Joe, *140 recettes pour faire soi-même des apéritifs*, Librairie Bernardin-Béchet, Paris, 1932, ou Hertzog (Jeanne), *Vieilles recettes de nos villages. Boissons ménagères, vins apéritifs, liqueurs, sirops*, Éditions S.A.E.P., Colmar, 1983. Ce dernier ouvrage ne mentionne pas les effets thérapeutiques réels ou supposés des recettes qu'il présente.

2. L'expression «remède de bonne femme» vient d'une mauvaise traduction de cette expression latine. Il convient, à ce propos, de signaler que, malgré une mode «rétro», sans négliger d'être «écologique», ces remèdes, comme la plupart des «médecines douces» n'ont d'efficacité que pour le traitement d'affections peu graves, d'indispositions passagères. Un véritable état morbide, comme de réelles lésions ne peuvent se curer et se guérir que par la médecine moderne. Cette dernière est la seule à pouvoir vaincre la tuberculose, la typhoïde, ou même la rougeole, dont on meurt encore dans certains pays du tiers-monde. Il existe pourtant, dans la plupart de ces pays, une médecine traditionnelle, tout à fait efficace pour des affections moins graves.

— *Nervins*, exerçant une action contre les contractions des viscères, ou antispasmodiques: acore, ambrette, camomille, goudron (généralement de pin), hysope, mélisse, romarin, safran, sauge, serpolet, vanille.

— *Toniques*, c'est-à-dire permettant de se sentir plus «d'attaque» tout en stimulant l'appétit, puisque, dès que les nausées sont passées, dès que l'on se sent en état de le faire, il convient de se nourrir. Ces substances sont apéritives: absinthe, angusture, cachou, centaurée, colombo, gentiane, houblon, quassier, quinquina.

Une recette de boisson aromatique et reconstituante, conseillée par d'aucuns contre la gueule de bois, est:

La boisson à la cannelle:

30 g de cannelle,
5 g de poivre,
10 g de gingembre,
15 g de cardamome,
à faire infuser dans 2 l d'eau bouillante.

Ajoutons:

Les gouttes amères:

50 g de gentiane,
25 g de centaurée,
25 g de zédoaire,
100 g de zeste d'orange amère,
400 g d'eau.

Filtrer.

Faire macérer durant une semaine dans un flacon fermé en agitant tous les jours.

Une à deux cuillerées de ce mélange suffisent pour un verre d'eau. Rappelons que la gentiane est protégée. Il convient donc de se la procurer chez un pharmacien plutôt que d'arracher le peu qu'il reste de gentiane sauvage.

Plus simple est l'infusion de 15 g de feuilles de petit chêne avec la même quantité de sommités de petite centaurée que l'on sucre à volonté. Cette tisane est très amère.

L'alcool contre alcool ou *similia similibus* curantur

Les propriétés des différentes plantes employées semblent se conjuguer dans les recettes précédentes. Soigner le mal par le mal, l'alcool par l'alcool est usuel. Du rince-cochon à la consommation du liquide même qui a causé l'indisposition, la tradition semble bien établie. En effet, beaucoup prétendent que l'on se sent mieux si l'on boit à nouveau un peu de l'alcool ou de la liqueur ayant causé l'ivresse et ses suites. Ainsi, lorsqu'on a bu trop de whisky la veille, il paraît qu'on se trouve bien d'un petit verre du même produit. Évidemment, ce palliatif devient moins pratique si l'on s'est soûlé en mélangeant différentes boissons alcoolisées.

D'autres se servent d'un liquide alcoolisé qui n'est pas forcément celui dont on a abusé. Les Bordelais utilisent évidemment le vin de Bordeaux. Les Écossais boivent un petit verre de scotch. Le verre à liqueur rempli de pastis ou d'anisette pure a ses fervents dans le Midi et chez les Pieds-Noirs. L'admirable eau-de-vie de céleri que l'on fabrique à Biercée, non loin de Mons en Belgique, ajouterait les effets revigorants du céleri à la force de l'alcool. Il en est de même pour l'eau de Villée, distillée à partir de citrons verts.

Attention, cependant: l'habitude de soigner une gueule de bois par l'alcool peut se révéler efficace une fois ou deux. Si cette pratique devient habituelle, il convient de la considérer comme un indice d'alcoolisme (cf. *infra*).

Cocktails et liqueurs

Amer-Picon. Le bon vieux Picon ne sera pas mélangé avec de la bière, mais bu pur. Un demi-verre suffit.

Angustura d'enfer. Dans un verre de vin blanc tiède, verser vingt gouttes d'Angustura, un bon trait de tabasco. Boire d'un seul coup. Il paraît qu'on peut survivre.

Blanc-Picon. Cet apéritif, devenu traditionnel, peut, paraît-il, alléger les souffrances consécutives à une soirée trop arrosée. L'acidité du vin blanc se joint ici à l'amertume du Picon.

Blanc-Vichy. Joignant l'acidité du vin blanc aux qualités basiques de la Vichy Célestins ou Saint-Yorre, ce remède paraît curieux. Une base et un acide ayant tendance à s'annuler l'un l'autre. N'empêche que ce mélange, à parts égales, conserve de nombreux adeptes.

Rince-cochon. (Vin blanc 7 cl, jus de citron 7 cl.) Innombrables sont les variantes du rince-cochon. On peut ajouter à ce mélange un comprimé de Guronsan, voire d'aspirine. D'aucuns y versent une cuillerée à café de Worcestershire Sauce. Cette dernière contient du tamarin. Des rince-cochons plus cruels se composent de vin ou de vinaigre tiède cuit avec de l'anis étoilé, ou du fenouil.

John Collins. Outre le rince-cochon, on parle fréquemment du cocktail intitulé John Collins. Citons ici Alphonse Allais, expert en la matière :

> « Excellente boisson pour les matins alanguis, le John Collins se prépare de la façon suivante : remplissez un grand verre de glace pilée, deux cuillerées de sucre en poudre, pressez un citron, versez un verre à liqueur de gin, complétez avec eau de Seltz ou soda, renversez et dégustez avec des chalumeaux[1]. »

L'acidité du citron joue dans le John Collins le même rôle que dans le rince-cochon.

Fernet-Branca. Encore un classique : un demi-verre à whisky de Fernet-Branca calmerait la gueule de bois. Cette admirable liqueur n'est pas aimée de tout le monde. En attendant, elle

1. Allais (Alphonse), *Le Captain Cap*, in *Œuvres anthumes*, coll. Bouquins, Robert Laffont, Paris, 1989. Il existe beaucoup d'éditions de cet excellent ouvrage qui donne, outre cette recette contre la gueule de bois, une foule d'autres recettes pour la provoquer.

semble efficace par son amertume. Rappelons qu'il s'agit d'un mélange de nombreuses herbes à la composition secrète. Pour l'auteur de ces lignes, il serait dommage de n'utiliser ce digestif qu'à des fins curatives.

Gin ou Schiedam-flip. Partons encore de la recette d'Alphonse Allais :

> « Dans de la glace en petits morceaux, deux cuillerées de sucre en poudre, un jaune d'œuf bien frais, petite quantité de crème de noyaux, finir avec du Old Tom gin. Agiter, passer, verser, saupoudrer de muscade. Excellent stimulant au cours des températures estivales que ce gin flip[1]. »

Le gin-flip moderne se passe de crème de noyaux, de sucre et de muscade. On peut remplacer le gin par du schiedam ou du genièvre. Le genièvre est recommandé contre les dyspepsies. C'est aussi un tonique (voir tisanes). On peut aussi se préparer un grog au gin, ou au genièvre, soit un

Gin-cling. Moitié gin ou genièvre, moitié eau chaude, ajouter le jus d'un citron, sucrer et boire chaud.

Kummel-cling. Un grog au Kummel se prépare avec de l'eau chaude et du Kummel, parfois mêlé à du schnaps ou du marc ; sucrer, boire chaud. Le cumin contenu dans le Kummel garde-t-il dans ce cas les qualités qu'il possède lorsqu'on le consomme sous forme de graines ? Notons toutefois que, dans ces préparations chaudes, une grande partie de l'alcool s'évapore.

Grog. Cling est un substantif tiré de *to cling*, verbe anglais signifiant : s'accrocher, se cramponner. Appliqué à une boisson, c'est un moyen de s'accrocher à la vie, de tenir le coup malgré les nausées et autres inconvénients post-ébriété.

Un cling est une sorte de grog. Notons que ce dernier mot dérive de « Old Grog », surnom donné à l'amiral Vernon à cause

---

1. Alphonse Allais, *op. cit.* On trouvera le gin-cling dans le même livre.

des vêtements taillés dans un tissu nommé Grogam (gros grain) qu'il portait. Cet officier de la Flotte (!) britannique s'inquiétait de l'ivrognerie de ses marins. Il ordonna donc d'étendre d'eau leurs rations de rhum. Étendre d'eau une boisson alcoolisée, rappelons-le, ne modifie pas la quantité d'alcool ingéré. Un grog est donc du rhum additionné d'eau en dose variable. On peut y adjoindre de la vanille, de la cannelle, du miel, etc.

Bloody Mary. Le Bloody Mary est un des grands classiques de la gueule de bois. Il se compose de jus de tomates et de gin en quantités variables, mais généralement de deux tiers de jus de tomate pour un tiers de gin. On y ajoute du sel de céleri, ou une pincée de muscade, voire un trait de Worcestershire Sauce.

La tomate contient de la vitamine C, du carotène. Ces éléments sont bénéfiques, tandis que l'acidité de la tomate stimule les sécrétions de l'estomac. Elle aurait, de plus, une bonne influence sur la circulation sanguine. On composait, autrefois, en Espagne, un onguent contre les hémorroïdes avec de la graisse de bœuf et de la tomate, parce qu'il paraît que ce fruit fluidifie le sang. En attendant, l'acidité, les vitamines ajoutées à l'effet vaso-dilatateur de l'alcool et l'amertume du genièvre permettent, peut-être, à ce cocktail de calmer la gueule de bois.

On prétend que le jus de tomate aurait pour effet d'annihiler l'alcool. Il semblerait que ce soit beaucoup dire. Ce cocktail doit son nom à Mary Tudor, reine d'Angleterre. On la surnommait « Bloody Mary », ce qui signifie : Marie la Sanglante. Ceci parce que, pour diverses raisons, Sa Gracieuse Majesté fit massacrer ou exécuter beaucoup de ses contemporains. Nous ignorons si cette reine fut ou non alcoolique. Peut-être ne s'enivrait-elle que de sang.

À propos des souverains britanniques, il serait inconséquent, irrespectueux et carrément *shocking* de tirer des conclusions hâtives : de nombreux fabricants de whiskies, de whiskeys, de gins, de portos, de madères, de sherries, entre autres, se proclament fièrement « fournisseurs de la cour » ou « fournisseurs de la reine ». Cela ne signifie en aucun cas que l'entourage royal ni que Sa Majesté elle-même passent leurs journées à s'enivrer comme des malpropres. Il en est de même pour les cigares, les cigarettes et autres bonbons acidulés dont les emballages arborent le célèbre privilège : «*by appointment of…*» Nous nous sommes laissé dire que la famille royale a bien d'autres chats à fouetter. Honni, donc, soit qui mal y pense !

Céleri-tomate. Mélange de jus de tomate et d'eau-de-vie de céleri de Biercée, ce cocktail se passe donc de sel de céleri.

Oyster cocktail. Voici l'un des classiques des lendemains vacillants. L'Oyster cocktail est une peu ragoûtante mixture comprenant une huître avec son jus, une cuillerée de ketchup, du gin avec un trait d'Angustura *bitter* et du poivre. Certains remèdes nous semblent aussi déplaisants que le mal…

Underberg. Encore un classique. Vendue principalement en Allemagne, cette liqueur au goût très amer se trouve conditionnée dans de petits flacons. Il suffit d'en avaler le contenu.

Liqueurs et apéritifs divers à préparer soi-même

Revenons aux plantes déjà citées pour la préparation des tisanes. Certains recueils de recettes de liqueurs ou d'apéritifs mentionnent ainsi l'effet curatif de préparations domestiques telles que :

Amer au quassier

50 g de quassier,
20 g de quinquina,
5 g de cachou,
5 g d'aloès.

Ou :

Amer à la gentiane

40 g de gentiane,
5 g de quassier,
5 g de quinquina.

Ou encore :

30 g de gentiane,
15 g de quinquina,
5 g d'aloès.

Voire :

Amer au quinquina

10 g de gentiane,
5 g de quassier,
30 g de quinquina,
5 g de cachou.

Les dosages, les variations sur ce thème sont innombrables. Ces mélanges doivent macérer plusieurs jours dans un litre de vin rouge. Ce sont des « apéritifs médicinaux », ce qui n'empêche pas d'en prendre un petit verre à liqueur en cas de lendemain difficile. En cas de malaise, de syncope, de spasme, on utilisera deux ou trois cuillerées à café de l'apéritif suivant :

Apéritif antispasmodique

8 g de séné,
4 g de coriandre,
4 g de fenouil,
2 g de safran,
2 g de réglisse,
100 g de raisins secs.
1 l d'eau-de-vie.

Faire macérer durant dix jours, filtrer dans un mouchoir noué, presser ce nouet. Utiliser pur en cas d'indisposition. En tant qu'apéritif, cette macération est diluée dans de l'eau. Pour des raisons d'économie, certains utilisent un succédané de safran généralement vendu pour assaisonner le riz (« Spigol » ou « Riz d'Or », par exemple). Ces liqueurs fortes auraient un effet analogue à celui de l'eau de mélisse ou de l'alcool de menthe utilisés en cas d'évanouissement. Ces deux derniers toniques peuvent aussi être la base de liqueurs faites à la maison. Donnons encore trois recettes pouvant servir de digestif à dose normale, et de remède par petites cuillerées :

Liqueur d'angélique

100 g de graines d'angélique,
300 g de tiges d'angélique,
1/2 gousse de vanille,
1 clou de girofle, un peu de cannelle.

Faire macérer durant un mois dans un litre d'eau-de-vie, préparer ensuite un sirop avec 400 g de sucre pour un verre d'eau. Filtrer la macération puis mélanger avec le sirop tiédi. Garder cinq semaines en bouteille avant de consommer.

Liqueur de mélisse

100 g de feuilles de mélisse (citronnelle),
1 zeste de citron,
1 clou de girofle,
30 g de feuilles de menthe.

Faire macérer dans un litre d'eau-de-vie durant quinze jours. Filtrer et mélanger à un sirop fait avec 300 g de sucre et deux verres d'eau.

Liqueur de menthe

Une poignée de feuilles de menthe fraîche,
3 cl d'alcool de menthe.

Faire macérer dans l'eau-de-vie durant quinze jours. Mêler à un sirop tiède fait avec 500 g de sucre pour trois verres d'eau.

Eau de menthe fortifiante

À préparer à l'avance. Se compose de 100 g de menthe pour un litre d'eau et 2 kg de sucre. On fait macérer la menthe dans le sirop tiède durant quelques jours et l'on peut prendre une cuillerée de ce fortifiant en traitement tous les matins. Pour ce qui est de la gueule de bois, deux cuillerées seraient efficaces.

Gouttes à prendre avec un sucre

Notons qu'on obtient un produit tout aussi efficace en mêlant une cuillerée de menthe, de mélisse et d'angélique ou de l'un de ces produits à 25 cl d'alcool à 90°. Laisser macérer durant une semaine. Quelques gouttes sur un sucre feront un bel effet. Cependant, la macération obtenue pourra difficilement servir de boisson. L'eau de mélisse des Carmes et l'alcool de menthe Ricqlès s'utilisent de la même manière.

À cette liste, nous pourrions ajouter la coca. Autrefois, elle servait à préparer le célèbre vin Mariani[1], consommé par toutes les célébrités, de Sarah Bernhardt au pape lui-même. La coca est justement prohibée. Le Coca-Cola était, au départ, un produit pharmaceutique, aux effets analogues. Pour mémoire, et parce qu'elle semble amusante, nous donnons ci-dessous la recette d'une imitation artisanale de Coca-Cola. Cette boisson serait stimulante et fortifiante. Que demander de plus ?

Boisson au Coca et au Kola[2]

50 g de noix de kola broyées,
25 g de feuilles de coca,
25 g de zeste d'orange amère.
10 g de réglisse pour un litre d'eau.

Faire macérer jusqu'à ce que le goût soit satisfaisant. Sucrer à volonté. On peut remplacer les feuilles de coca par du café fort.

1. Voir Bologne (Jean Claude), *op. cit.*
2. On peut écrire aussi bien Cola que Kola. Cette dernière graphie est propice aux joueurs de Scrabble. Sous forme de noix, c'est un tonique et un stimulant, ainsi qu'un aphrodisiaque.

On peut aussi préparer un sirop avec ces plantes. On y ajoutera un kilo de sucre. On fera réduire au quart, avant de diluer dans de l'eau gazeuse.

Vespétro

Le Vespétro est un carminatif ancien. Son nom vient des premières syllabes des mots *vesser*, *péter* et *roter*. Autant dire qu'il tend à restaurer les fonctions digestives. Il se prépare de la façon suivante :

60 g de graines d'angélique,
8 g de graines de fenouil,
6 g de coriandre,
8 g d'anis.

Faire macérer huit jours dans 200 g d'eau-de-vie. Ajouter à la liqueur décantée 500 g de sucre dissous dans autant d'eau.

Réveille-mort de Jeeves

On se perd en conjectures sur la préparation que Jeeves, le modèle des valets de chambre, sert à son maître lorsque ce dernier est victime de la gueule de bois. Certains éléments de ce remède sont cités, çà et là, dans les recueils de nouvelles de Peter Grenville Wodehouse[1]. Le lecteur sagace pourra s'y référer. En tout cas, ce remède résolument britannique semble alcoolisé.

Si l'on se méfie de l'alcool, il est possible de se tourner vers une « médecine douce », comme l'homéopathie. Elle donne, en général, d'assez bons résultats.

1. On lira sans déplaisir: Wodehouse (Pelham Grenville): *Ça va Jeeves ?* ou *Merci Jeeves !* ou encore *Jeeves, au secours !*, voire les trois, et tout autre volume de la série des aventures de Jeeves que Christian Bourgois a eu l'excellente idée de rééditer dans la célèbre collection 10/18.

Médecines et pharmacie

Homéopathie

L'homéopathie use de la noix vomique en dilution infinitésimale contre les nausées. On peut aussi se faire préparer des isothérapiques, c'est-à-dire une dilution du produit qui nous a intoxiqué. Il suffit pour cela d'en remettre un échantillon au pharmacien. Toutefois, les isothérapiques servent plutôt à dégoûter de l'alcool ou de la substance en question. Ils servent à désintoxiquer. Le zinc, le cuivre et d'autres métaux se trouvent parfois dans la composition de certains médicaments utilisables en cas de gueule de bois.

Cependant, nous avons entendu parler d'un usage plus curieux du métal. Sucer une pièce de cinq francs belges permettrait de déjouer l'éthylomètre et l'alcootest. Cette pièce est en laiton. Il suffirait de la mettre en bouche avant de souffler dans le ballon. Ainsi, l'appareil indiquerait une proportion nulle d'alcool dans le sang, eût-on vidé une cave de liquoriste juste auparavant. Nous ne conseillons en aucun cas d'essayer. De toute façon, il nous semble peu probable que ce «truc», qui, autrement, pourrait se révéler criminel, ait une réelle efficacité... Il vaut mieux se servir de:

— *Opium 5CH*,

— *Nux vomica 9CH*,

— *Ethylicum 5CH*.

Trois doses par jour.

Pharmacie

La pharmacopée traditionnelle nous offre les spécialités suivantes. Elles soignent plus particulièrement la «crise de foie» dont la gueule de bois est une variante:

— *Guronsan®*,

— *Aspirine effervescente®*,

— *Bicarbonate de soude®*,

— *Alka-Seltzer®*,

— *Oxyboldine®*,

— *Vitamines B1, B6, B12*. Il est habile d'ingérer une préparation multivitaminée du genre Plényl Vivamine®, ou Juvamine®, entre autres,

— *Arginine glutamique®*,
— *Cantabiline®*,
— *Chophytol®*,
— *Eucol®*,
— *Hépachlorine®*,
— *Hépatorex®*, soluté aqueux,
— *Mégabyl®*,
— *Norbiline®*,
— *Oddibil®*,
— *Sorbitol Delalande®*,
— *Thiobiline®*[1].

Deux spécialités pharmaceutiques sont souvent appelées à l'aide pour combattre la gueule de bois : le Schoum et l'Hépatoum. Ils se composent de glycérol, de formol et de divers produits favorisant les sécrétions diverses permettant de digérer.

Alcalins, amers et acides

Le mot dyspepsie désigne l'ensemble des troubles digestifs sans altération anatomique de l'estomac. L'alcool provoque ce genre de malaises. Si la contractilité de l'estomac est atteinte, on préconisera les amers. Si les sécrétions sont aigres, on utilisera des alcalins, dans le cas contraire des acides. C'est pourquoi l'on trouvera parmi les remèdes contre l'état nauséeux consécutif à l'intoxication alcoolique aussi bien le jus de citron, l'aspirine que le bicarbonate de soude ou des amers comme l'aloès.

Ammoniaque

L'ammoniaque, à raison de dix gouttes dans un bol d'eau chaude, pourrait soigner l'acidité gastrique (voir plus haut). Toutefois, ce remède ancien risque aussi de faire vomir.

Étrangement, avec les produits dérivés de la soude, on recommande souvent des substances acides. Cette alternance des bases et des acides pour soigner le même état fait encore

1. Cette liste doit beaucoup au *Guide des médicaments vendus sans ordonnance* de J.-P. Giroud et C.-G. Hagège, aux Éditions du Rocher.

partie des ambivalences de l'alcool, de sa consommation, de son usage, de son abus.

Jus de cuisson de moules marinières, eau de choucroute, harengs, etc.

Le jus de cuisson des moules marinières aurait, lui aussi, un effet curatif contre la gueule de bois. On en consommera un verre froid. On peut aussi le congeler pour s'en servir lorsque le besoin s'en fait sentir.

De même, l'eau de choucroute combattrait la fatigue et les méfaits de l'intoxication. De plus, elle contient de la vitamine C. Ce remède rejoint la prévention par le chou qui aide à dissiper les aigreurs d'estomac. Le vinaigre et le vin contenus dans une boîte de maquereaux au vin blanc semblent tout aussi efficaces. Certains conseillent aussi les harengs au vinaigre ou rollmops. Voire l'escavèche, c'est-à-dire une délicieuse préparation de roussette au vin blanc, spécialité du Hainaut belge et de l'Avesnois français.

Le poisson, symbole christique, évoque une seconde naissance, une pureté neuve, une rédemption. Peut-on y voir l'image du soulagement, de la rémission suivant une gueule de bois pénible ?

Gaspacho

Excellente soupe froide composée de pain rassis, de tomates, d'ail, de vinaigre et d'huile d'olive. Son acidité, comme les effets de la tomate joints aux propriétés fortifiantes de l'ail, permettrait une nette amélioration de l'état nauséeux. Il existe de nombreuses variantes de la recette de ce potage andalou. On le préparait jadis dans un récipient de terre cuite couvert que l'on exposait au soleil. La condensation refroidissait le liquide. Nous verrons, ci-après, que la poterie nous offre une autre façon de soigner la gueule de bois.

Morue salée

Mâcher, comme on le ferait d'un chewing-gum, un morceau de morue non dessalée. Cette pratique aurait pour effet de stimuler la production de suc gastrique et d'aider à digérer l'alcool.

Nuoc-mam

Ce condiment de la cuisine vietnamienne se prépare avec des poissons fermentés. Celui dit « Phu-Quoc » serait le meilleur. C'est un produit au goût très fort. Extrêmement riche en phosphore et en sels minéraux, le nuoc-mam est un fortifiant apprécié en Asie, c'est pourquoi il est d'usage d'en verser quelques gouttes dans le biberon des nourrissons… Son odeur n'en est pas moins fort désagréable.

Deux cuillerées à soupe dans un verre d'eau tiède seraient, pour ce qui nous occupe, efficace.

Vomitifs

Café salé

Une à deux cuillerées à soupe de sel dans un bol de café tiède. Dans certains villages côtiers de Bretagne, on prépare le café salé avec de l'eau de mer.

Plume et fumier (!)

« Faire vomir en titillant le fond de la gorge avec une barbe de plume ou en faisant boire des infusions de thé ou de camomille… si l'intoxication paraît grave, lavements salés ou savonneux. Enfin, le moyen radical du paysan qui consiste à enterrer l'ivrogne dans le fumier[1]. » Ce dernier procédé revient à réchauffer le corps d'un être affaibli… En 1380, Du Guesclin fut blessé au siège de Châteauneuf-de-Randon. On le couvrit de fumier dans l'espoir de le soulager. Hélas, le fameux Breton en mourut, sans doute par infection de ses blessures.

Savon

Le savon, celui de Marseille, ou le savon noir dilué dans l'eau chaude sont vomitifs. Ils concurrençaient autrefois le café salé.

Le savon se compose ordinairement de matières grasses (suif, huile d'olive ou d'amande, etc.) mêlées à de la soude, de la potasse ou un autre alcalin. Il existait autrefois un savon médicinal servant de laxatif et de cholagogue. Il se constituait de lessive des savonniers. La lessive des savonniers se compose de soude caustique et d'eau. Ce produit permet de décaper aisément les meubles

1. Bitard (A.), *Le Livre de la maison*, 1878, cité par Guy Bechtel et Jean-Claude Carrière, *op. cit.*

ou les portes en bois peint. Autant dire que, même en l'étendant avec beaucoup d'eau, son ingestion est fortement déconseillée : on risque tout bonnement de graves brûlures. L'irruption de produits irritants dans un estomac déjà affaibli par l'intoxication risque de se révéler pire que le mal.

Aspirine effervescente

Un autre moyen de vomir est de tenter d'avaler un comprimé d'aspirine effervescente, ou de n'importe quel comprimé (vitamines, par exemple) de ce type : le principe actif n'en sera pas ingéré puisque l'effervescence fait vomir. On peut également boire le plus rapidement possible un litre d'eau gazeuse ou de limonade.

Huile de vidange

Nous avons déjà rencontré ce… produit précédemment. Ce serait un vomitif, ce que nous croyons aisément. Nous ne saurions pourtant conseiller son abominable consommation.

Sauna et hammam

On peut se demander si le fumier, ce « moyen radical du paysan » (voir plus haut) provoque chez le patient un dégoût susceptible de le faire vomir. En attendant, le fumier dégage de la chaleur. La chaleur, en faisant transpirer, favorise l'élimination. C'est pourquoi le hammam et le sauna sont conseillés lorsqu'on a trop bu. Encore faut-il qu'il y ait un sauna, un hammam à proximité. Les bains de vapeur sont déconseillés aux cardiaques.

Bains chauds

Plus simples sont les bains chauds. On préparera une forte tisane non sucrée avec 60 g de serpolet, ou de thym, ou du mélange des deux, infusés dans deux litres d'eau bouillante, avant de la verser dans le bain. On peut aussi se servir d'extraits d'huiles essentielles de ces plantes.

Algues

250 g d'algues, ou plus précisément de laminaires, dans un litre d'eau bouillante feront bon effet. La laminaire contient de la soude et de l'iode : on peut aussi en mâcher les feuilles.

Autocuiseur

S'il n'y a ni sauna ni hammam à proximité, on peut pallier cette carence au moyen d'un autocuiseur. Un imbriaque ingénieux nous a donné le moyen suivant. Il suffit d'emplir la «cocotte-minute» d'eau (ne pas dépasser le trait indiquant la limite de l'emplissage), de faire bouillir cette eau et de s'enfermer dans un local exigu, par exemple les toilettes, en compagnie du susdit autocuiseur. Dès lors, on ôtera la soupape et la vapeur, enfin libre, se répandra dans le local. Sans doute peut-on affiner ce procédé en ajoutant à l'eau des feuilles de mélisse, de menthe, etc., afin de cumuler l'effet du bain de vapeur avec les vertus des plantes en question, sans compter que l'inhalation de leur parfum dégagera les sinus, tout en aidant à la guérison d'un éventuel rhume.

Par sudation ou par les voies urinaires, il s'agit, encore et toujours, de favoriser l'élimination. Voici une autre recette curieuse:

Les trois draps

Il faut disposer de trois draps de lit. Le premier sera trempé dans l'eau tiède. On se dévêtira entièrement pour s'en emmailloter jusqu'à complet refroidissement. Le deuxième drap sera trempé dans l'eau très chaude. On agira comme avec le premier, en le laissant refroidir. Après quoi, on s'enveloppera d'un drap sec. On remarquera que ce dernier portera ensuite de petites taches brunes qui seraient la trace des toxines éliminées. Ensuite, il n'y aura plus qu'à se coucher pour dormir. Dans d'autres draps.

Glace pilée

Placer quelques glaçons pilés dans un sac en plastique imperméable. Poser le tout sur le crâne.

Bouillotte

Emplie d'eau froide, ou mieux, glacée, la bouillotte s'utilise comme la glace pilée. Pleine d'eau chaude, on l'applique sur le ventre. Plus rarement sur le crâne.

Les bouteilles de grès ayant contenu du genièvre peuvent être remplies d'eau chaude. On les roulera ensuite sur le ventre, comme on le ferait d'un rouleau à pâtisserie pour étaler une pâte.

Pot à fleurs

Il faut disposer d'un pot de terre cuite suffisamment grand pour qu'on puisse s'en coiffer. L'idéal serait qu'il masquât aussi le visage. On le fera tremper dans l'eau durant une vingtaine de minutes. Ensuite, on le portera comme un chapeau. Après quoi, il faudra se tenir dans un endroit chauffé ou se promener au soleil. L'évaporation de l'eau retenue par la terre cuite procurera une agréable sensation de fraîcheur. Ce procédé est celui qu'utilisaient les muletiers andalous pour préparer le gaspacho (voir p. 46). C'est le principe de l'*alcarazas*, cruche en terre qui, exposée au soleil, procure une eau froide, désaltérante, même par les plus fortes chaleurs. Se coiffer d'un pot à fleurs préalablement trempé dans l'eau rafraîchit indubitablement. L'élégance de ce couvre-chef n'en est pas moins contestable. Peut-être devra-t-on éviter de se montrer ainsi affublé en public…

Deuxième partie

Dieu n'avait fait que l'eau, mais l'homme a fait le vin !

Victor HUGO,
Les Contemplations.

1

L'alcoolisme

Après la guerre, deux choix s'offraient à moi: finir ma vie comme député, ou la finir comme alcoolique. Je remercie Dieu d'avoir si bien guidé mon choix: je ne suis plus député.

Winston CHURCHILL,
Conférence, mars 1959[1].

Le discours anti-alcoolique : rhétoriques et témoignages

Il est difficile de traiter de l'alcoolisme. On sait rarement quand il commence. D'autre part, les prédications, les sermons et les conseils ne servent pas à grand-chose. Aucun exemple, même, ne peut dissuader celui qui en est atteint. Il faut dire que la manière dont sont présentés les exemples n'est parfois pas très habile. Analysons deux textes. Voici le premier :

> « Dans la clinique d'un des plus grands médecins de Paris, un ouvrier robuste, un géant entrait l'autre jour, faisant passer devant lui un pauvre petit être malingre et triste, grelottant et apeuré, aux épaules voûtées, aux jambes fléchissantes, ayant dans le regard obscur des lueurs sombres, tout un ensemble effondré déjà, comme si le poids de la vie était trop lourd à porter.
>
> — Ça, c'est un enfant d'alcoolique...

1. Cité par Duhamel (Jérôme), *Encyclopédie de la bêtise et de la méchanceté*, Acropole, Paris, 1987.

— Par exemple ! s'écrie l'ouvrier, moi qui ne me soûle jamais ! Vous pouvez demander...

— Oui, dit le docteur, mais est-ce que vous ne buvez jamais d'alcool ?

— Dame si, tous les matins... avant de travailler... j'ai commencé par en prendre pour deux sous, il y a quinze ou vingt ans, vous comprenez... l'ouvrage, les camarades...

— Et à présent ?

— J'en prends pour huit sous... mais je vous jure que ça ne me fait rien...

— Mais, malheureux ! Vous ne comprenez donc pas que cette saleté de trois-six que vous avalez [...] finit par imbiber votre cervelle, par couler dans vos veines, par imprégner vos nerfs, vos muscles, votre moelle épinière... vous n'êtes plus un homme, vous êtes une éponge remplie d'alcool !...

— Et alors ? demanda le pauvre malheureux qui tremblait de comprendre.

— Et alors, répondit le docteur, en montrant le petit condamné avec un geste intraduisible, et alors, voilà[1] ! »

Il s'agit prétendument d'un témoignage. Pourtant, l'analyse du discours médical, la forme du récit, sa ponctuation même ne donnent pas à penser qu'il puisse s'agir d'un document. Ceci malgré la volonté de *mimesis*, d'imitation du réel, de représentation d'une parole donnée comme « objective ». On a voulu « faire vrai ». C'est hélas la tentation de maintes associations prônant l'abstinence : on monte en épingle des cas extraordinaires, on surestime certaines informations allant dans « le bon sens », au détriment d'autres. Parfois même, on invente carrément un cas spectaculaire... Bref, on trompe, on truque, on manipule, pensant que seul le résultat compte. Ces manœuvres peuvent, certes, faire peur et dissuader quelqu'un de boire. De là à soigner l'alcoolisme... elles peuvent mener, chez des esprits affaiblis, à des troubles de la volonté, à des soumissions intempestives, allant jusqu'à l'adhésion à une secte, à une religion, à un groupement aux buts douteux.

1. Paillard (C.), *L'Alcoolisme dans l'arrondissement d'Abbeville*, 1900, cité par G. Bechtel et J.-C. Carrière.

En revanche, la relation qui suit, écrite par un véritable auteur, un maître de la grammaire et de la rhétorique, nous paraît nettement plus plausible, plus sincère, plus réelle. Elle n'a cependant aucune prétention scientifique, tout en traitant le problème d'une façon générale. Elle est simplement honnête :

> « J'ai voyagé en Hollande avec un riche commerçant de Dantzick, qui tenait, depuis cinquante ans, la première maison de détail en eaux-de-vie.
>
> "Monsieur, me disait ce patriarche, on ne se doute pas en France de l'importance du commerce que nous faisons de père en fils depuis plus d'un siècle. J'ai observé avec attention les ouvriers qui viennent chez moi ; et quand ils s'abandonnent sans réserve au penchant, trop commun chez les Allemands, pour les liqueurs fortes, ils arrivent tous à leur fin à peu près de la même manière.
>
> D'abord, ils ne prennent qu'un petit verre d'eau-de-vie le matin, et cette quantité leur suffit pendant plusieurs années (au surplus, ce régime est commun à tous les ouvriers, et celui qui ne prendrait pas son petit verre serait honni par tous ses camarades) ; ensuite, ils doublent la dose, c'est-à-dire qu'ils en prennent un petit verre le matin et autant vers le midi. Ils restent à ce taux environ deux ou trois ans ; puis ils en boivent régulièrement le matin, à midi et le soir. Bientôt, ils en viennent à en prendre à toute heure et n'en veulent plus que de celle dans laquelle on a fait macérer de la girofle ; aussi, lorsqu'ils en sont là, il y a certitude qu'ils n'ont plus que six mois à vivre ; ils se dessèchent, la fièvre les prend, ils vont à l'hôpital, et on ne les revoit plus[1]." »

Il s'agit aussi d'un témoignage. Sa « remise en forme » est patente. Toutefois, sans effets dramatiques superfétatoires, le texte ci-dessus nous montre un tableau du réel plus précis, plus construit, plus raisonné d'une situation.

Le premier texte, de mauvaise foi, provient d'un auteur prônant l'abstinence, le second d'un gastronome, amateur de vin,

1. Brillat-Savarin, *op. cit.*

de liqueurs, de champagne, etc. Ce ne sont évidemment que des exemples qu'un « hasard objectif » fit passer sous nos yeux il y a déjà longtemps, et que nous avons rapprochés. On ne saurait, comme le feraient certains fanatiques de l'abstinence, en tirer de conclusions générales. Un fait isolé ne veut rien dire et n'a point force d'argument. Il ne s'agit ici que de signes... mais l'apparence même du discours, sa forme, l'organisation de son raisonnement en disent long sur son auteur et sur ses intentions. Il est vrai, d'autre part, que si l'on formait sérieusement les citoyens à « décoder » et à analyser les discours politiques, des partis entiers disparaîtraient. Serait-ce un mal ? La seule vérité, hélas, pour ce qui est des textes ci-dessus, c'est que, malgré leur différence, les auteurs, le médiocre comme le grand, nous mettent tous deux en garde contre les méfaits de l'alcoolisme, montrent qu'il est progressif, insistent sur la pression du groupe. Tâchons de raison garder. Essayons d'y voir plus clair.

Alcoolisme occasionnel, alcoolisme habituel

On oppose l'alcoolisme occasionnel, celui de la fête, à l'usage constant et répété de l'alcool. Ainsi, la « cuite du samedi soir » serait moins nocive que l'absorption régulière de vin à table, après un apéritif, avant un ou deux digestifs[1]. Attention, cependant à la dipsomanie...

Trois formes principales

On peut distinguer trois formes principales de l'alcoolisme :

L'alcoolisme mondain, par facteurs sociaux, sans relations avec des facteurs psychiques, des névroses, etc. Cette consommation constante d'alcool ne conduit pas nécessairement à l'ivresse.

1. *Un ou plusieurs verres de liqueur doivent être pris après le café. Les épicuriens français les dénomment et les classent ainsi: 1, chasse, 2, rincette, 3, sur-rincette, 4, gloria*. Sidney H. Whiting, *Mémoires d'un estomac*, éditions Manya, Paris, 1991 (réédition d'un texte de 1853).

Elle détruit toutefois l'organisme à petit feu, d'autant plus sûrement que le sujet n'a pas toujours conscience d'être intoxiqué. C'est aussi l'alcoolisme habituel de l'atelier, de l'usine. Le groupe social conduit à boire, tandis que celui qui veut échapper à l'alcool y est considéré comme un « rabat-joie », un « pisse-froid », etc. Dès lors, la pression de l'entourage produit des effets désastreux.

L'alcoolisme par facteurs psychiques, disons ce qu'on entend généralement par alcoolisme tout court. Le sujet a des raisons personnelles et intimes de consommer de l'alcool, par contrariété, par état complexuel, ou en rapport avec une névrose réactionnelle due à un échec, des difficultés sociales ou familiales, une situation d'angoisse, une incapacité à surmonter des difficultés extérieures[1]. Il a honte de boire. Il ne peut pourtant pas s'en empêcher. Il peut à la fois boire seul ou en groupe.

Dipsomanie. Autre chose est la *dipsomanie* (du grec *dipsa*, boire, et *mania*, manie), ou « Impulsion morbide à boire des liquides alcooliques avec excès et par accès[2] ». Cette forme d'alcoolisme ressemble à une malédiction. Le dipsomane, lorsqu'il se sent abattu, triste, irritable et sans appétit, sait souvent qu'il va boire beaucoup trop, et peut en prévenir son entourage. Il ne peut, toutefois, s'en abstenir. Il lui arrive de ne pas boire pendant plusieurs semaines d'affilée, voire plusieurs mois. Puis, un beau jour, la crise survient... Quelquefois honteux, le dipsomane se cache pendant l'accès. Ce qui n'évite pas qu'il puisse voler, devenir violent, commettre toutes sortes de délits pour se procurer à boire... La dipsomanie peut devenir chronique et

1. C'est l'alcoolisme du résigné, du malheureux. Il correspond au célèbre « alcoolisme ouvrier » décrit par Zola, dans, par exemple, *L'Assommoir*, alcoolisme dramatique touchant une grande partie de la classe ouvrière, très légitimement désespérée par le sort que lui faisait subir la société bourgeoise de l'époque. Lorsqu'on est objectivement opprimé, le refuge dans la boisson ne saurait être considéré comme une simple « névrose réactionnelle ». Il s'agit plutôt d'une réaction naturelle à un état de faits tyrannique et odieux. Ce qui paraît curieux, extraordinaire, admirable, c'est bien que certains aient trouvé la force de résister. N'oublions pas qu'alors, la moindre protestation était considérée plus ou moins comme une délinquance.
2. *Le Petit Robert*, édition 1990.

mener au suicide, à l'aliénation mentale... Cette affection serait liée à l'épilepsie.

Quoi qu'il en soit, l'alcoolisme, particulièrement dans les deux dernières formes mentionnées, a des conséquences effroyables :

> « La dégradation psychique se fait surtout sentir dans la sphère morale et affective. Les troubles de l'humeur et du caractère ne tardent pas à apparaître : explosions soudaines de colère et de jalousie, discussions banales tournant vite au tragique, scènes de violence injustifiées, sévices sur les enfants, cynique abandon de famille. On est tout à coup surpris d'apprendre une histoire d'indélicatesse, d'attentat aux mœurs ; le travail devient irrégulier, l'instabilité de l'emploi trahit le mauvais rendement professionnel[1]. »

Comme on le voit, notre propos n'est certes pas d'encourager l'alcoolisme, ni même l'ivresse passagère. Il appartient à chacun de prendre ses responsabilités en cette matière comme en d'autres. Ces responsabilités sont importantes : après bien des hésitations, la loi a conclu que l'ivresse n'est pas une circonstance atténuante lorsque en cet état l'on commet un crime ou un délit. Bien au contraire, un fort taux d'alcoolémie constitue bel et bien un surcroît de culpabilité...

Les étapes de l'alcoolisme[2]

Entre boire un petit coup et le *delirium tremens*, le chemin est long. Toutefois, il est possible de déterminer et de reconnaître les différentes stations de ce véritable calvaire. Ces étapes, lorsqu'on peut en prendre conscience, sont autant de signaux d'alarme qu'il ne faut pas négliger. Les étapes menant à l'alcoolisme sont les suivantes :

---

1. *La Vie du couple*, Centre d'étude et de promotion de la lecture, Paris, 1969.
2. D'après Jelinek, cité par Coon (Denis), *op. cit.*

1. La phase initiale

Le buveur mondain ne se rend pas toujours compte qu'il boit trop. Il s'alcoolise d'abord occasionnellement. Puis, sans s'en rendre tout à fait compte, il a de plus en plus souvent recours à l'alcool pour diminuer son stress, pour se sentir bien. Quatre signaux d'alarme peuvent alors se présenter :

a. L'augmentation de la consommation. Le sujet boit de plus en plus. Il commence à s'en apercevoir, à s'en inquiéter.

b. La consommation matinale. C'est un signe dangereux, notamment lorsque le sujet commence à ressentir le besoin d'alcool pour combattre la gueule de bois. C'est pourquoi il usera avec précaution les remèdes alcoolisés cités ci-dessus. S'en servir occasionnellement peut, à la rigueur, ne pas nuire. Y avoir recours systématiquement devient inquiétant.

c. Le remords. Le sujet a trop bu. Il a mal agi, il a mal parlé. Il s'est comporté d'une façon répréhensible. Ces actes et paroles, comme le sentiment de culpabilité qui en résulte, sont, eux aussi, des signes à ne pas négliger. Le sujet promet parfois de se modérer, mais finit par mentir sur sa consommation réelle.

d. L'amnésie. Ces comportements agressifs, ou d'autres événements advenus durant l'ivresse, disparaissent du souvenir. C'est le cas illustré par le personnage du milliardaire ivrogne, dans *Les Lumières de la ville*, de Charlie Chaplin. Le sujet ne se souvient de rien. Il peut commencer à boire seul.

Lorsque les fins de semaine deviennent rituellement de longues beuveries, il faut se reprendre au plus vite. C'est encore un signe non négligeable de la phase initiale de l'alcoolisme. Pour l'instant, on peut encore réagir sans aide extérieure. Un peu d'énergie, une certaine hygiène de vie suffira à interrompre cette redoutable progression.

2. La phase cruciale

Cette fois, le sujet ne maîtrise plus rien : on boit, il boit trop. La seule liberté restante consiste à décider du moment et de l'endroit où l'on commencera à boire. Dès lors, il ne saura plus s'arrêter. Le premier verre déclenche une réaction en chaîne. Il commence à se sentir coupable. Il s'ennuie, il se sent anxieux. Il admet mal les remarques d'autrui sur sa consommation d'alcool. Il a déjà quelques troubles de la mémoire. Gare !

3. La phase chronique

Ça y est: le sujet boit de façon continue. Il mange peu; il éprouve un intense besoin d'alcool lorsqu'il en est privé. Il boira n'importe quoi: ma grand-mère a vu, à New York, au début de la prohibition, un malheureux ouvrier d'une fabrique de pianos ingurgiter une bonne lampée du mélange d'alcool à brûler[1] et de gomme servant à vernir ces instruments. À ce moment, l'alcool vient avant tout le reste: les amis, la famille, l'emploi. L'individu perdra l'estime de lui-même... la conscience se dissout dans l'alcool[2]. Après quoi, tout est fini: adviennent les hallucinations du *delirium tremens*, les délits, bref, l'horreur.

Omniprésence de l'alcool

Pourtant, l'alcool est partout présent dans la vie quotidienne. Du «verre de l'amitié» à la célébration, de la signature d'un contrat aux beuveries suivant un mariage, une naissance, il est d'usage de boire, et beaucoup. À moins d'une abstinence «totale et définitive», comme la préconisent les ligues anti-alcooliques, à moins d'un contrôle efficace sur soi-même, chacun peut se retrouver légèrement «parti», un peu pompette ou soûl comme une vache, selon sa propension à boire un peu, beaucoup ou énormément. À condition de ne pas être ivre mort, un peu de

1. Autre mise en garde: l'alcool à brûler n'est pas le même que l'alcool à boire. L'alcool à brûler est extrêmement nocif et peut rendre aveugle.
2. Nous avons dit toute la méfiance que nous inspirent les associations de tempérance. Cependant, les Alcooliques anonymes ont souvent de bons résultats. De toute façon, au dernier stade de l'alcoolisme, seule une psychothérapie, alliée à une cure de désintoxication sous contrôle médical, peut encore faire quelque chose. La Croix Bleue, association protestante, offre une aide efficace sans pour autant endoctriner les patients. On trouve les adresses locales de ces groupements dans tous les annuaires.

soûlographie, d'ébriété, voire aller jusqu'à être gris, éméché, parti une fois de temps en temps, ne porte pas à conséquence. Il faut alors laisser choir absolument toute velléité de conduite automobile. L'alcool, existe, il en existe, sinon un bon usage, du moins un usage moins offensif. En attendant, mettons ici en garde les chauffeurs qui tiennent à ne pas se muer en chauffards.

Alcoolémie et automobile

— *à 0,2 %* d'alcoolémie, 20 % des personnes examinées n'étaient déjà plus sûres d'elles en voiture. La réaction devant une source lumineuse mobile devient moins rapide.

— *à 0,3 %*, la sensation de profondeur est troublée. Elle est indispensable pour estimer les distances et les vitesses.

— *à 0,4 %*, la sensibilité de la cornée est diminuée.

— *à 0,5 %*, il devient difficile, sinon impossible, de conduire. La vision est troublée.

— *à 0,65 %*, on ne s'adapte plus à l'obscurité. Pour l'instant, le profane ne remarquera peut-être pas que la personne en question se trouve sous l'emprise de l'alcool. En revanche, les policiers, les gendarmes ont l'œil bien exercé. Ils savent repérer les signes d'alcoolisation les plus légers.

— *à 1 %*, le comportement commence à manifester l'état d'ivresse.

— *à 1,7 %*, l'ivresse est visible : on observe une mauvaise évaluation des distances, des troubles graves de l'équilibre. Le sujet se livre à diverses provocations, au vacarme, etc[1]. Rappelons, encore une fois, que la conduite en état d'ivresse est un délit. C'est dire que la loi la considère comme aussi grave qu'un vol.

1. Ces chiffres concernent spécialement la conduite automobile. Pr Elbel, étude rapportée par S. Tara au 11e Congrès national de Criminologie, 1961, cité in *L'Équilibre*, cf. *infra*.

Effets de l'alcool sur le cerveau

Voici maintenant quels sont les effets de l'alcool sur le cerveau.

À la dose de 60 ml de whisky à 45°, il y a 0,05 % d'alcool dans le sang. Dès lors, les centres nerveux de la partie supérieure du cerveau sont touchés. Les inhibitions diminuent. Le respect des conventions se relâche. On fait fi de la politesse. On devient discourtois, véhément. On déverse un flot de paroles pas toujours cohérentes et souvent vindicatives. Cette logorrhée, pénible pour l'entourage, peut difficilement être endiguée.

Dès 180 ml du même whisky, nous obtenons un taux d'alcoolémie de 0,15 %. Toutes les aires motrices de la partie inférieure du cerveau sont atteintes. On titube. On éprouve une confiance en soi exagérée. L'élocution est « pâteuse », tandis que le comportement devient impulsif.

300 ml de whisky nous mènent à un taux de 0,25 %. Le centre des émotions du cerveau moyen est atteint. La motricité est fortement troublée. Les sensations sont distordues : on voit double, on s'endort parfois. Dans ce cas, il est possible de rêver des songes bizarres. C'est le cas du capitaine Haddock, lorsqu'il voit quatre Dupon(d)t au lieu de deux, ou lorsqu'il prend Tintin pour une bouteille. L'affrontement entre le Bien et le Mal, vécu par Milou dans la même série de bandes dessinées est, lui aussi, caractéristique de cet état.

480 ml, c'est-à-dire un taux de 0,40 % d'alcool dans le sang, provoquent des troubles atteignant l'aire sensitive du cervelet. On assiste à une détérioration des sens, à un état de stupeur.

720 ml, soit 0,60 % est un taux dangereux. Les aires gnosiques du cerveau sont touchées. On perd conscience. Seuls demeurent les battements du cœur, la circulation.

À 960 ml, soit 0,80 % : tout s'arrête et c'est la mort[1].

1. Coon, *op. cit.*

2

L'alcool

Le christianisme et l'alcool, les deux plus grands agents de la corruption.

Friedrich NIETZSCHE, *L'Anti-Chrétien*.

Éthanol

Que l'on déguste un vin fin, un vieux rhum excellent, que l'on boive un reginglard immonde, une infâme piquette ou un whisky de bas de gamme, il n'est pas nécessaire de distinguer le pur grain de l'ivresse : absorber de l'alcool, sous quelque forme que ce soit, c'est ingurgiter de l'éthanol pur (C^2 H^3 OH). Cet alcool est un produit sans odeur. Toutefois, il a le pouvoir de renforcer les arômes. C'est la raison pour laquelle on l'emploie en parfumerie tout autant que pour la fabrication des boissons spiritueuses.

Fermentation et distillation

Fermentation

Il y a deux façons principales de produire de l'alcool : la distillation et la fermentation. Cette dernière est la plus ancienne et permet de fabriquer du vin, de la bière ou du cidre. C'est la transformation de substances organiques sous l'influence d'enzymes produites par des micro-organismes. La fermentation alcoolique est la mutation du sucre en alcool. Par fermentation, nous obtenons le vin, le cidre, la bière, le kvas, l'hydromel et le poiré.

Distillation

La distillation consiste à transformer en vapeur un liquide mêlé à un corps non volatil, ou des liquides mêlés afin de les séparer. Cette vapeur contient les éléments les plus volatils du produit de départ. En refroidissant, elle se liquéfie et donne de l'alcool. On peut aussi obtenir de l'éthanol par le froid en congelant un moût: ce qui ne se solidifie pas est de l'alcool. La légende attribue parfois l'invention de la distillation, ou plus précisément du whisky à saint Colomba, ou Colomban[1], moine irlandais, ou encore à saint Patrick[2]. Ce dernier aurait visité le purgatoire. Le «puits de saint Patrick» y mène et l'on y peut tout aussi bien voir l'enfer; on y est jeté au feu, ou flagellé avec des lames chauffées au rouge jusqu'à ce que la chair disparaisse. La vision est effrayante. On ne saurait pourtant affirmer qu'elle soit l'une des hallucinations que procurerait l'abus d'alcool. Quel que soit le procédé utilisé pour l'obtenir, l'alcool aura les mêmes effets sur l'organisme. Toutefois, ces effets seront parfois modifiés par d'autres substances contenues dans la boisson qu'on ingère: tanin, huile de fusel, colorants, etc.

Psychotrope et tranquillisant

L'alcool est à la fois toxique et, surtout, psychotrope. C'est-à-dire qu'il agit sur le psychisme tout autant qu'un tranquillisant. Cependant, le psychotropisme de l'alcool semble contradictoire selon les doses: il peut stimuler ou calmer, exciter ou anesthésier. Certes, c'est le cas de bien d'autres produits utilisés en médecine et en psychiatrie. D'autres drogues ont, elles aussi, de tels effets. Leur usage comme leur vente sont rigoureusement interdits par la loi. Il n'en est pas de même pour l'alcool. Pourtant, ses effets sont bien ceux d'une drogue. Il intoxique autant qu'une drogue «dure». Oui, il peut devenir aussi dangereux que l'héroïne ou l'opium. La seule différence est que l'alcool a une plus longue histoire et présente, du point de vue culturel, des aspects sociaux, folkloriques, magiques, religieux, mythiques, psychologiques particuliers sous nos latitudes. Pour ces raisons, le rapport que nous entretenons avec les boissons fortes dépasse

1. Il semble qu'il existe au moins deux saints au nom de Colomba ou Colomban. Leurs biographies sont assez embrouillées.
2. Cf. Jacques de Voragine, *La Légende dorée*, par exemple dans l'édition Garnier-Flammarion, Paris, 1967.

de beaucoup les simples problèmes posés par sa toxicité. Quelles que soient les luttes existantes contre l'alcoolisme, l'alcool se trouve irrémédiablement présent dans notre monde. Aucune prohibition n'éradiquera jamais l'ivrognerie. Bien au contraire. La lamentable histoire du *Volstead Act* aux États-Unis illustre l'aspect illusoire d'une interdiction pure et dure. Trop de vertu officiellement proclamée condamne une société au banditisme, à la corruption, à l'instabilité, au déséquilibre. La gaieté que nous éprouvons lorsque nous avons bu juste un «petit coup de trop» ne doit pas nous faire croire que les boissons fortes stimulent. De faibles quantités d'alcool annihilent les inhibitions, provoquent la décontraction, l'euphorie. Cette gaieté provient justement d'un effet dépresseur de l'alcool.

L'alcool est indigeste

L'alcool n'est pas soumis à la digestion. Au contraire, il est refusé par l'estomac dont il irrite les muqueuses. Pourtant, certaines liqueurs sont bues comme «apéritifs». C'est parce que l'alcool stimule des sécrétions acides de l'estomac, ce qui excite l'appétit. Après un repas trop riche, trop lourd, l'estomac engourdi a du mal à fonctionner. Ces mêmes sécrétions pourront alors être stimulées, augmentées par un verre d'eau-de-vie. C'est le principe du digestif, et celui du «trou normand». Une fois dans l'estomac, l'alcool passe directement dans le sang. Là, il se modifie pour circuler dans le foie, la rate, les reins, le cœur, le cerveau et les muscles. Autant dire qu'il imprègne la totalité de l'organisme.

Diverses substances contenues dans les boissons fortes

L'éthanol n'est pas le seul responsable de la «gueule de bois». On sait que de phénoménales cuites avec certains vins de bonne qualité ne provoquent pas cet état nauséeux fort désagréable. En revanche, une quantité moindre de boissons plus ordinaires occasionnera d'épouvantables malaises. Cela s'explique par d'autres éléments contenus dans les boissons festives, par exemple le bois des tonneaux, certaines substances aromatiques, voire des colorants. Dans cent litres de whisky à 45° on trouve 143 g d'huile de fusel, 15 g d'acides divers, 17 g d'esters, 4,5 g d'aldéhydes, 0,11 g de furfural, 8 g de tanins…[1] Il est curieux de constater que les produits servant uniquement au plaisir peuvent se révéler néfastes lorsqu'on en abuse. En effet, le café ou le thé peuvent rendre très malade. La gourmandise peut tuer, tandis que les drogues, naturelles ou chimiques, détruisent. Le tabac a fait ses preuves en tant que poison dangereux. La consommation exagérée de tous ou de plusieurs de ces produits à la fois multiplie les risques. Autant dire qu'il faut en user avec modération. Bref, il semblerait que l'humanité, lorsqu'elle invente un superflu, tende à se nuire.

Nocivité

L'alcool n'est pas en lui-même une substance forcément nocive. D'ailleurs, existe-t-il des substances nocives ? À faible dose, des poisons violents comme l'arsenic ou la strychnine peuvent devenir des fortifiants. Ces deux toxiques furent jadis associés à l'alcool et à d'autres substances dans l'élaboration de la biodynamine vitaminée. Ce vin tonique était même conseillé aux enfants anémiques. À consommer avec modération… Autre chose est l'abus, autre chose encore l'abus répété. Un état permanent d'imprégnation alcoolique a des implications psychophysiologiques inquiétantes. L'alcool détruit alors les tissus, diminue l'apport vitaminique de la nourriture, modifie la tension artérielle, etc. En dehors des troubles de l'esprit, l'alcool peut devenir responsable des maladies suivantes : gastrites, polynévrites, cirrhoses du foie, athérome artériel, et de troubles cardiaques divers. De plus, associé à d'autres produits intoxicants, tels le café et le tabac, les effets nocifs de toutes ces substances se joignent. N'est-il pas curieux qu'en France le café-tabac soit une « institution » réunissant tous ces produits ? De surcroît on s'y livre à des jeux divers, de dés ou de cartes, à des paris organisés, à l'achat de billets de loterie. Le jeu, quoique n'étant pas une substance comme l'alcool,

1. *L'Équilibre*, Centre d'étude et de promotion de la lecture, Paris, 1968.

est aussi une sorte de drogue. Il est censé permettre une transformation de l'existence. On parle d'ailleurs d'ivresse du jeu, de fièvre… Gagner au Loto, trouver le tiercé gagnant, c'est aussi se transformer, devenir autre…

Doses

Il est considéré qu'un homme normal peut oxyder au maximum 100 g d'alcool pur par jour, soit un litre de vin à 12°. La dose est un peu moindre pour les femmes qui doivent se contenter d'à peu près 75 cl du même vin, par exemple. Nous avons précédemment vu quel taux d'alcool, quel nombre de verres il ne faut pas dépasser pour que la griserie ne devienne pas souffrance ou danger.

Anesthésie

Considérer l'alcool comme un stimulant est, comme nous l'avons vu, erroné. S'il paraît donner un « coup de fouet », ce n'est que momentané. Utilisé pour « avoir du cœur à l'ouvrage », l'alcool ne peut être efficace que parce qu'à faible dose il calme les angoisses. Plutôt qu'un stimulant, qu'un excitant comme le thé ou le café, nous avons vu que l'éthyle est plus proche d'un anesthésique. C'est même le premier anesthésique connu en chirurgie. Il suffit pour s'en convaincre de penser aux atroces amputations menées de main de maître par Larrey lors de la campagne d'Égypte. Ce chirurgien devait opérer fort rapidement, parce que la souffrance prolongée épuise le patient. Pour le rendre moins réceptif à ces horribles sensations, il était d'usage de soûler consciencieusement le blessé. Anesthésique, donc, l'alcool endort certains aspects de la personnalité pour en éveiller d'autres. Les troubles du caractère peuvent apparaître de façon paroxystique sous l'emprise de la boisson. Certains se livrent alors à des actes de violence qu'ils réprouvent et qu'ils seraient incapables de commettre à jeun. Inhibiteur de certaines angoisses, l'alcool peut en renforcer d'autres. Il peut combattre la peur et c'est pour cela qu'on servait de la gnôle aux poilus, juste avant l'assaut. De l'euphorie au drame, de la joie au désespoir, du bonheur au malheur, nous sommes en présence d'une substance symbolique qui porte en elle des effets radicalement contradictoires entre eux. Ivresse gaie ou vin triste, il n'en faut tout de même pas moins considérer que l'alcoolisme est néfaste. Il y a cependant bien loin du joyeux « pompon » occasionnel à l'intoxication grave. Les Spartiates l'avaient compris. Ils interdisaient l'ivresse, ne l'autorisant qu'aux hilotes. Après avoir enivré ces derniers, ils les exhibaient, les montraient aux enfants afin que leur ridicule leur serve de leçon et les empêche de se laisser tenter par l'abus de boissons fortes.

Anaphrodisiaque

Si la levée des inhibitions provoquée par l'éthanol peut faire naître le désir, elle en altère sensiblement la résolution. L'histoire est bien connue : un homme boit pour se donner le courage d'aborder une femme qui lui plaît. Il est gai, joyeux ; amusant. Sa verve est efficace, la femme se laisse séduire. Elle boit un peu, elle aussi. Ce qui lève ses inhibitions. Elle rit bruyamment, ses yeux brillent. De verre en verre, l'affaire est dans le sac. Le couple se retrouve ensuite dans une chambre et… rien. L'homme peut aller jusqu'à s'endormir lourdement tandis que sa compagne, furieuse, s'en va en claquant la porte. Boire trop peut mener à des impuissances durables…

3

Mythes et symboles

J'y ai songé comme un autre, et je suis tenté de mettre l'appétence des liqueurs fermentées, qui n'est pas connue des animaux, à côté de l'inquiétude de l'avenir, qui leur est également étrangère, et de les regarder l'une et l'autre comme des attributs distincts de la dernière révolution sublunaire.

BRILLAT-SAVARIN, *La Physiologie du goût.*

Khôl

Si l'ivresse est souvent grossière, grotesque et dangereuse, l'idée même de l'alcool est teintée de pureté. En effet, l'alcool est étymologiquement une « poudre subtile ». Son nom, d'origine arabe, désigne aussi une poudre d'antimoine extrêmement fine utilisée à des fins de maquillage, l'ancêtre du rimmel : le khôl. Hélas, le vin de Mascara n'a rien à voir avec le produit de maquillage homonyme. À moins d'imaginer qu'une ivresse légère peut faire briller les yeux et donner au regard une certaine profondeur.

L'idée de subtilité jointe à l'alcool se retrouve dans ses diverses désignations. Une légende voudrait que l'alcool fût inventé afin de pallier la pollution des eaux. Cette hypothèse semble controuvée : l'alcool ne désaltère pas. Au contraire, il donne soif de lui-même et qui a bu boira. Quels qu'en aient été les usages originels, les boissons alcoolisées ont toujours été utilisées pour les effets mêmes de l'alcool.

L'alcool aurait été introduit en Europe au XIIIe siècle par Arnaud de Villeneuve qui le tenait des Arabes. Il semble que la quintessence, distillation très lente dont parle le génial Raymond Lulle, ait été de l'alcool… Explorons quelques-uns des vocables ou expressions qualifiant cette substance.

L'eau-de-vie, l'eau-de-feu

Eau-de-vie, c'est-à-dire *aqua vitae* en latin, se traduit tout aussi littéralement en Irlande par l'expression : *uisce beata*, dont on a gardé le premier mot, pour le faire évoluer en whiskey ou whisky. L'alcool ayant été apporté en Irlande par saint Patrick, en Ecosse par saint Colomban, explique peut-être qu'il s'agisse là d'un calque de la désignation latine que l'on retrouve dans les contrées nordiques sous la forme : akvavit ou aquavit. L'alcool est toujours de l'eau, du moins à l'origine, puisque c'est la signification même du mot vodka.

La distillation met en présence le feu et l'élément liquide. Tout amateur de western connaît l'« eau-de-feu ». Les Européens, qui peuplent majoritairement l'Amérique actuelle, encouragèrent parfois le don, la vente d'alcool aux Indiens, afin de les soumettre plus aisément. L'alcool peut devenir une arme, et ce n'est pas Hergé qui nous contredira : dans *Tintin chez les Picaros*, les malheureux guérilleros du général Alcazar sont rendus inefficaces par l'alcoolisme…

L'eau-de-feu : Bachelard va plus loin, en affirmant qu'il s'agit là d'une synthèse :

> « C'est l'eau-de-feu, l'eau qui flambe. L'eau-de-vie est une eau qui brûle la langue et qui s'enflamme à la moindre étincelle. Elle ne se borne pas à dissoudre et à détruire, comme l'eau forte. Elle disparaît avec ce qu'elle brûle. Elle est la communion de la vie et du feu. L'alcool est aussi un aliment immédiat qui met tout de suite sa chaleur au creux de la poitrine. »

Toujours selon Bachelard, l'alcool, symbole du feu de la vie, évoque l'inspiration créatrice :

> « L'alcool d'Hoffman, c'est l'alcool qui flambe ; il est marqué du signe tout qualitatif, tout masculin du feu. L'alcool de Poe, c'est l'alcool qui submerge et qui donne

> l'oubli et la mort; il est marqué du signe tout quantitatif, tout féminin de l'eau. »

Nous nous trouvons alors bien proche des considérations quelque peu abusives de Baudelaire. Le vin, selon ce dernier, mènerait à des états *illuminés par le soleil intérieur!* et à cette *seconde jeunesse que l'homme puise en lui!* Il est vrai que Baudelaire modère ces affirmations en déclarant: « Mais combien sont redoutables aussi ses voluptés foudroyantes et ses enchantements énervants. » Il ajoute: « Qui de nous aura le courage impitoyable de condamner l'homme qui boit du génie[1] ? »

Il convient de tempérer ces dernières considérations. Des génies ont usé de l'alcool, y ont trouvé — ou ont cru y trouver — l'inspiration créatrice. Il ne faut pas oublier qu'on peut trouver cette inspiration sans alcool, tout en sachant que les boissons fortes peuvent tout aussi bien annihiler tout effort créateur. On pourra lire à ce propos le livre de Jack London intitulé en anglais *John Barleycorn*, mais qu'un traducteur avisé a intitulé *Le Cabaret de la dernière chance*, en langue française. London y montre avec précision comment le whisky en arrive à le gêner pour écrire. Il décrit, de plus, la lente progression de l'alcoolisme. Aucune substance ne donnera du génie.

Une conception de l'existence

L'alcool est double et fait voir double... Dans *Un singe en hiver*, Antoine Blondin décrit même les hallucinations provoquées par l'ivrognerie. L'enfer de l'alcoolique y devient une sorte de quête de recherche de l'absolu: l'alcoolisme, la solitude, l'amitié définissent une certaine conception de l'existence dans laquelle le délire est visionnaire. La quête de poètes tels que Baudelaire pose l'ivresse comme préalable à tout engagement artistique: l'art est le « grand art », l'« alchimie du verbe » qui, selon Rimbaud, procède d'un « dérèglement raisonné de tous les sens », indispensable à qui veut devenir « voyant ». L'ivresse est alors prélude à une révélation, à des visions. Cet aspect quasi métaphysique

1. Baudelaire (Charles), *Du vin et du haschisch.*

de l'ivresse personnelle transcende l'alcoolisme. De là naît une mythologie dangereuse assez proche de celle de la drogue. Rappelons ici la grande désolation de Charlie Parker lorsqu'il apprit que, pour l'imiter, de jeunes musiciens commençaient à s'adonner à la drogue.

Reptiles, insectes, arthropodes

Devenir « voyant », prophète, visionnaire peut séduire. Comme la drogue, l'alcool semble ouvrir les « portes de la perception ». Le vin, le whisky révèlent un autre aspect du monde, comme le peyotl ou le L.S.D. Ces psychotropes font grandir les visions. Hélas, ces visions ne sont pas toutes belles. On peut en dresser une typologie, car les alcooliques voient peu ou prou le même genre de choses. Dans *Le Cercle rouge*, Jean-Pierre Melville filme ce que peut contempler un alcoolique : des reptiles, des araignées… une masse grouillante de créatures rampantes et répugnantes. Pourtant, à y bien réfléchir, ces serpents, ces araignées évoquent toute une série de symboles liés au sacré. L'alcoolique atteint de *delirium tremens* ne voit pas n'importe quoi. Les mêmes thèmes se retrouvent.

Le serpent, le reptile en général, « jumeau de lui-même », est source de vie, évoque la libido, le péché originel chez nous, voire la vie elle-même dans d'autres civilisations. Le fil de l'araignée est lié à celui des Parques. L'araignée « tisse la réalité », maîtrise le destin. Elle symbolise « la mère revêche » qui a réussi à emprisonner l'enfant dans les mailles de son réseau. Son ventre froid, ses pattes velues seraient une *suggestion hideuse de l'organe féminin, de son complément masculin le ver qui de tous temps a été lui aussi lié à la déchéance de la chair*[1]. Les images mentales générées par l'intoxication alcoolique rejoignent les thèmes profonds de l'existence, du devenir, de la vie et de la mort. Rêver qu'on est ivre est présage de maladie et de mort chez Arthémidore d'Éphèse[2] comme de rêver de serpent, hormis

1. Voir Durand (Gilbert), *Les Structures anthropologiques de l'imaginaire*, Bordas, Paris, 1969.
2. Arthémidore d'Éphèse, *La Clé des songes*, 59.

la vipère qui présage la richesse et la « fréquentation de femmes opulentes[1] ». Selon Gilbert Durand[2], *le symbolisme de la transformation temporelle est même surdéterminé dans ce reptile. Ce dernier est à la fois animal qui mue, qui change de peau tout en restant lui-même.* L'ivrogne se retrouverait alors devant une sorte de miroir : il s'est transformé temporellement par l'ivresse. Il est tout autre, agit d'une façon différente par rapport à ses habitudes.

À ces animaux inquiétants, à ce thème du grouillement, de la reptation, s'ajoutent souvent les effrois et les dégoûts concernant ce qui est visqueux, poisseux, gluant. Les visions imbriaques provoquent un sentiment d'horreur. Notons encore que les araignées, les insectes, les serpents sont les animaux qui provoquent le plus souvent les phobies. Si l'alcoolique n'en est pas phobique à jeun, il le devient dès qu'arrive le délire.

Les arts plastiques montrent parfois ces inquiétantes hallucinations : telle ou telle *Tentation de saint Antoine*, telle ou telle vision de l'enfer nous présentent bien souvent des scènes ressemblant à ce que pourrait percevoir un ivrogne bien imbibé. Que dire des fantasmagories d'un Jérôme Bosch, ou des démons gravés par le burin virtuose d'Altdörfer ou de Martin Schöngauer ?

1. *Id.*, *ibid.*, Second Livre, 13.
2. *Op. cit.*

4

De l'ivresse

Des femmes et du vin… un instant je veux vivre
Du sang… du vin… l'ivresse, attendez un instant et puis à votre loi tout entier je me livre…
Que voulez-vous de moi ? vous parlez d'échafaud ?
Me voici… j'ai vécu… j'attendrai le bourreau.

Pierre-François LACENAIRE, *Le Dernier Chant*.

« Ami, ennemi, nourriture et poison », dit quelque part Georges Duhamel en parlant du vin. Il en est de même de l'ivresse. Qu'y cherche-t-on ? Que lui demande-t-on ? Quelle est sa fonction ?

L'ivresse

L'ivresse est un empoisonnement par l'alcool. Cette intoxication se produit lorsque la quantité de boissons fortes ingérées est supérieure à ce que l'organisme peut éliminer normalement. Rappelons ici que l'ivresse commence entre 0,5 et 1 g d'alcool pur par litre de sang. Si l'on dépasse la dose de 1,5 g, les réflexes se ralentissent, l'élocution pose problème, tandis que l'on vacille sur ses jambes. 3 g sont véritablement dangereux et peuvent entraîner des troubles neurologiques ou cardiaques, sans compter le coma éthylique, voire tout simplement la cessation des fonctions vitales, c'est-à-dire la mort.

L'ivresse n'est pas seulement dangereuse pour celui qui a bu : nous ne rappellerons pas ici les violences trop fréquentes après consommation d'alcool, ni le poids de l'alcool pour ce qui est des accidents de la route. Bref, il nous fallait dire ici que nous ne saurions en aucun cas encourager l'abus d'alcool, ni, surtout, son abus répété.

De son bon usage

Tout au plus pensons-nous qu'il n'est pas mauvais d'abuser de temps à autre, à condition d'être conscient de cet abus, d'y prendre plaisir sans mettre en danger qui que ce soit. Marc Antoine Girard, sieur de Saint-Amant, fut un grand poète. Il écrivit jadis :

Je tiens pour Hippocrate
Qui dit qu'il faut à chaque mois
S'enivrer au moins une fois[1].

Peut-être doit-on tempérer cette affirmation. En attendant, méfions-nous des discours moralisateurs qui ne tiennent pas compte de la *nécessité*, certes construite, de l'alcool, voire de l'ivresse occasionnelle dans nos rituels sociaux.

Attention aux discours anti-alcooliques

En effet, le discours anti-alcoolique se répand depuis plus d'un siècle. Tout le monde, ou presque, semble convaincu de sa justesse et de son utilité. Or, l'alcool demeure, ainsi que l'alcoolisme. Sous différentes formes, certes. Autant dire qu'aucune raison objective ne peut expliquer cette résistance au raisonnable. Nous sommes, en cette matière, en dehors du rationnel, de l'utile et de l'inutile… La consommation de l'alcool est un « fait social total », selon l'expression de Marcel Mauss. Il ne s'analyse pas. Ou plutôt, toute analyse cherchant à le décrire, à le cerner ne peut rester que lacunaire. La société désapprouve tout en approuvant, tandis que toute position intransigeante marginalise celui qui l'émet. Les antialcooliques font partie de groupes spécifiques, distincts de l'ensemble de la population. Ils ne sont pas tout à fait considérés de la même façon que les membres d'autres groupements, d'autres associations. Ils sont « à part ».

On ne peut même pas parler de l'alcool comme on parle d'autre chose. Ce sujet n'est jamais anodin. Qu'on célèbre la

1. *Débauche hippocratique.*

«trogne rouge» du joyeux Bourguignon, d'une façon lyrique mais avinée, qu'on fulmine contre l'intempérance pour des raisons morales ou religieuses, qu'on condamne l'ivresse par décrets et par lois, qu'on veuille même respecter la personne de l'ivrogne en voulant le soigner, le comprendre, le guérir au moyen de la médecine et de la psychiatrie, qu'on vive l'alcoolisme comme un destin, une fatalité lourde, avec un romantisme de la déchéance quelque peu pervers, il n'en reste pas moins vrai qu'on est obligé de prendre position à chaque instant. De plus, nos positions même, à moins d'une militance délibérée, varient parfois considérablement d'un moment à l'autre.

En effet, le poète rimaillant sur l'excellence du bordeaux, exaltant l'ivresse dans un chant bachique à la gaieté superbe, fulminera, bien sûr, contre le soûlot responsable d'un grave accident. Le médecin opiniâtre s'acharnant à guérir un malheureux dipsomane, le psychiatre rigoureux, travaillant d'arrache-pied à la sauvegarde d'un éthylique chronique, peuvent aussi se griser lors d'une fête, d'une soirée... Le député proposant une loi très sévère pour enrayer les progrès des crimes et des délits dus à l'alcoolisme offrira un verre dans un café de campagne à ceux qu'il voudrait compter parmi ses électeurs... Le prêtre, même, ennemi des abus, prêchant une foi austère et bannissant le vice, s'enverra quelquefois un gorgeon ou bien deux durant le vin d'honneur suivant une quelconque cérémonie. L'ivrogne même, souffrant comme une bête de son état horrible, maudira la bouteille tout en la desséchant... Quant à l'abstinent désintoxiqué, son abstinence même lui fera sans cesse penser à l'alcool, parfois jusqu'à l'obsession. Rien n'est simple, comme on le voit, et surtout pas l'alcool. Comme pour le sport ou la religion, nous sommes en présence d'un phénomène mettant en jeu des éléments contradictoires, dans le discours comme dans les actes.

L'abstinence

L'idée d'abstinence est très ambivalente. Sur le plan sexuel, elle a ses adeptes, sa doctrine. Pour ce qui est de l'alcool, elle peut aussi constituer un sacrifice pour éloigner de mauvaises influences. Qu'elle soit temporaire, comme tel ou tel carême, ou définitive, provenant d'un vœu, nous nous trouvons en présence d'une démarche plus ou moins religieuse ou rituelle. Un certain matérialisme a voulu découvrir dans les pratiques de jeûne ou d'abstinence un souci hygiénique. Sans vouloir le nier complètement, disons que ce genre d'explication est un peu court. Comme les interdits alimentaires, l'abstinence est un phénomène complexe qui ne peut se comprendre dès qu'on le simplifie. Religieusement, elle est une tentative pour atteindre le caché, le non-manifesté.

Cette vision positive ne doit pas nous faire oublier qu'elle est aussi un refus du réel, du monde tel qu'il est. Et, surtout, de notre propre personnalité que nous dévaluons ainsi, puisque nous la considérons comme souillée par le plaisir. L'abstinence ? Qu'elle concerne le sexe ou l'alcool, c'est toujours un effort constant contre le bonheur, la vie, la joie. Ce qui peut conduire à des sublimations dangereuses, des militantismes obsessionnels. Cela peut devenir une tentation de facilité, puisque toute privation devient aisément routinière. Dès lors, elle devient le contraire d'une maîtrise de soi. Bref, l'abstinence demande, au début, une constante dépense d'énergie pour peu de choses. Se dresser, se faire violence pour ne pas savourer ce qui nous tente est une agression envers nous-mêmes. Ensuite, ça devient une habitude, une manie confortable nous entraînant hors du monde, dans une béatitude factice et, finalement, morose... il ne s'agit que d'un déséquilibre. Pour s'en convaincre, il n'y a qu'à lire les publications des ligues abstinentes, à écouter parler leurs adhérents.

Prenons par exemple cette belle déclaration. Il s'agit de l'abstinence sexuelle. Mais elle va avec le reste :

> « L'abstinence a guéri bien souvent les incommodités de Charlemagne ; et c'est presque elle seule qui, pendant sa vie, fut le remède pour toutes ses maladies ; et la même abstinence le mit enfin dans le tombeau...[1]. »

Pour ce qui est de Charlemagne, notons qu'il eut neuf épouses, pas mal de concubines, qu'il fut probablement incestueux. En outre, il était gourmand, aimait les fromages et le vin.

---

1. Venette (Nicolas), *La Génération de l'homme, tableau de l'amour conjugal*, 1960, cité par G. Bechtel et J.-C. Carrière, *op. cit.*

Étrange discours qui fait de la mort un bienfait... et si c'était cela, l'abstinence selon les ligues de vertu? Et s'il ne s'agissait que d'un refus de vivre? Quel que soit l'objet concerné par l'abstinence, nous en arrivons aux mêmes conclusions. La vertu excessive intoxique, elle aussi.

Les infortunes de la vertu

On peut s'en moquer comme l'admirable Ambrose Bierce, dans son *Dictionnaire du Diable*: «Vin (n). Jus de raisin fermenté connu de l'Association des femmes chrétiennes sous les noms de "boisson" et quelquefois de "rhum"[1].» Nous voici dans la vertu. Citons Baudelaire: «Il faut être toujours ivre [...] de vin, de poésie, de vertu, à votre guise mais enivrez-vous.»

Nous ne sommes pas sûr que le conseil soit bon. De plus, s'enivrer de vertu nous semble particulièrement dangereux. Boire au cours d'une fête peut s'apparenter à une catharsis, une purification, certes bien différente de celle que prônent nos religions majoritaires. Les ligues de vertu, les associations anti-alcooliques drainent parfois avec elles une idéologie inquiétante, pour ne pas dire trop souvent fascinante et totalitaire. L'abstinence et une vision trop ordonnée du monde constituent, elles aussi, un facteur, d'ivresse morale et intellectuelle. Il y a là une option politique inavouée, généralement déniée par des proclamations d'apolitisme. L'apolitisme n'existe d'ailleurs pas. Ne pas prendre parti, c'est encore s'abstenir. La vertu est bien dangereuse. Plus que l'alcool? Peut-être. N'oublions pas que le rôle de l'Association des femmes chrétiennes, dont parle Bierce, fut très ambigu. L'ordre moral, le «démon de la pureté» font souvent plus de mal que de bien. Il est bon de rappeler que Hitler était végétarien et ne buvait jamais, tandis que beaucoup de nos génies, de l'art comme de la science, abusaient parfois des boissons fortes ou fumaient comme des sapeurs.

1. Bierce (Ambrose): *Dictionnaire du Diable*, traduction J. Papy, Nouvel Office d'Edition, Paris, s. d.

Toutefois, cependant, néanmoins

Une autre précaution est de dire encore une fois que ni l'alcool, ni les drogues ne donnent du talent ou du génie, tandis que l'alcoolisme est toujours un drame.

Le folklore des chansons bachiques qui nous attendrit sur le sort du sympathique pochetron, de l'aimable imbriaque à la diction pâteuse, du pochard, du poivrot, de celui qui a bu comme un cochon, comme un Polonais, oui, de celui qui est paf, brindezingue, chlasse, givré, bourré, plein, noir, complètement parti, beurré comme un Petit Lu ne doit pas nous faire oublier que nous sommes en présence d'un homme en danger, pour lui-même comme pour son entourage.

De l'obligation à la réprobation

En dehors de ces aperçus légaux et médicaux, les discours concernant l'ivresse portent en eux des caractères contradictoires. Sans doute est-ce parce que l'ivresse a une histoire, une histoire que Jean Claude Bologne résume dans un ouvrage déjà classique[1] :

> «De rigueur dans les bacchanales antiques où elle a gardé son aspect religieux et général; tolérée dans les festins entre amis; moralement, voire légalement condamnée quand elle est solitaire, l'ivresse ne trouve sa justification que dans la communion et, à travers elle, dans une évasion de la réalité qui pourrait tenir lieu de mysticisme. Le développement d'autres formes de spiritualité et l'individualisme des sociétés modernes lui ont ôté ces justifications et en ont fait un vice, puis une maladie.»

Nos sociétés modernes sont diverses. Certains faits résument cette diversité: jamais, par exemple, depuis que le monde est monde, autant de formes d'art différentes n'ont été présentes au même moment. Aujourd'hui, on peut à la fois contempler et faire

1. Bologne (Jean Claude), *op. cit.*

de la peinture classique, de l'art abstrait, naïf, cubiste, etc. Encore une fois, l'idéologie, ou plutôt les idéologies concernant l'ivresse offrent les mêmes disparates, parfois chez un seul individu, selon l'occasion des propos qu'il tient. Il arrive que l'ivresse soit, sinon obligatoire, du moins fortement encouragée. Autant dire que le phénomène demeure complexe.

Initiation

Aucun peuple, semble-t-il, aucune civilisation n'ignorent l'ivresse : des drogues psychotropes jouent çà et là le même rôle que le vin, la bière ou l'alcool dans notre monde. D'une terre l'autre, les ivresses diffèrent. Toutefois, il existe un besoin de s'enivrer de temps en temps. Notre convivialité peut difficilement se passer de boissons fortes : l'alcool, et c'est banal de le redire, constitue un rite social. Il est même assez fréquemment l'instrument d'une initiation : la première biture fut un passage obligé, comme autrefois le bordel, pour qu'un adolescent puisse enfin conquérir le statut d'homme adulte, d'homme tout court. De même que naguère on « enterrait sa vie de garçon » juste avant le mariage, l'alcool est partout présent lorsqu'on passe d'un état à un autre : l'ivresse devient alors la métaphore de toute mutation, de toute évolution. Comme pour le tabac, le premier contact avec l'alcool est désagréable.

Imaginons saint Colomban, ou saint Patrick, perdu dans les brumes d'Irlande et surveillant l'évaporation d'un moût à l'odeur de moisi. Il faut déjà supporter ce magma nauséabond. Imaginer qu'on en pourra tirer quoi que ce soit de consommable, d'ingérable, semble assez peu réaliste. Notre saint ne se laisse pas dégoûter. Il allume son feu, prépare son alambic, ajuste le serpentin... Voici que tombent les gouttes incolores de l'alcool... Le vénérable missionnaire trempe son doigt dans le liquide obtenu, avant de le porter à ses lèvres, c'est alors qu'il frissonne... quelle horreur ! Ce liquide est, de prime abord, complètement répugnant ! Peut-être que notre saint s'arrêtera là, et ne recommencera pas à boire.

S'il recommence, pourtant, il s'accoutume à l'amertume, à la force du breuvage. Puis, il sent son esprit vaciller. Quoi qu'il en soit, la première expérience n'est pas agréable...

Pour l'instant, nous imaginons un homme seul. C'est-à-dire quelqu'un qui peut s'en tenir là, et ne plus jamais absorber d'alcool… En revanche, aujourd'hui comme hier, certains groupes sociaux *obligent* carrément tous leurs membres à boire. Un ouvrier qui refuse un coup de rouge, eh bien, ce n'est « pas un homme » aux yeux des autres. L'abstinent est déconsidéré. Il est vaguement louche, voire hypocrite… il est une sorte d'intrus. Il ne peut pas faire partie de la bande. Voué à entendre des grenouilles coasser d'une façon sinistre dans son estomac, il sera condamné à l'exclusion, à la solitude… Cette solitude pourra d'ailleurs le conduire à boire pour se consoler, pour oublier…

Beuverie

La beuverie, c'est-à-dire l'abus délibéré en commun de boissons enivrantes, est une variante du banquet. Elle constitue, dans beaucoup de civilisations, un rite. Les beuveries étaient rituelles et obligatoires chez les anciens Celtes. On prenait, bien souvent, la précaution de désarmer les convives avant qu'elle commence.

La beuverie permet aussi d'abolir momentanément les barrières sociales, les hiérarchies : elle égalise et permet la communion. La vertu de ces beuveries est à la fois de créer un lien mystique entre les participants et de transformer la condition morose de l'homme. Le breuvage enivrant a pour mission d'abolir la tristesse quotidienne de l'existence et de permettre la réintégration orgiastique et mystique[1]. Sans être forcément sacrée ni divinatoire, l'ivresse ainsi provoquée serait à se mettre en disponibilité passive sous l'influx des dieux, comme moyen de contact avec l'autre monde, hors du temps humain. Il s'agit de se libérer du contrôle de la conscience, voire de renaître.

Liée à la fécondité, aux moissons, l'ivresse dans la beuverie est lunaire, voire lunatique, puisque les croyances antiques voyaient en la lune l'astre qui commandait la végétation. Elle a, pour les anciens Chinois, « valeur communielle et valeur d'alliance ». Il existe une dimension tragique de l'alcool ingéré en commun ; l'ivresse est nécessaire pour vaticiner, pour parler avec

1. Durand, *op. cit.*

les dieux. On boit alors pour se libérer, pour oublier certaines contingences…

L'ivresse mystique, en dehors de la consommation de boissons fortes, sort du cadre de cet ouvrage. Il n'en est pas moins vrai que ces transports spirituels ou religieux sont toujours décrits par les mêmes termes que l'ivresse ordinaire. La recherche de l'ivresse, de l'extase, quels qu'en soient les moyens, a une trop grande importance dans toutes les civilisations pour que nous manquions d'y référer ici. Cette recherche du sacré diffère de la beuverie, puisqu'elle peut être solitaire. La pratique du soufisme, des exercices spirituels, de l'incantation ne nécessite pas forcément la compagnie, le groupe, la société. La lente macération — encore un mot qui peut désigner la fabrication d'une liqueur — des pères du désert s'exerçait loin du monde… L'abstinence produisait alors paradoxalement des visions, des hallucinations similaires à celles que donne parfois l'alcool. Oui, on peut effectivement s'enivrer de vertu.

Soûleries

Autre chose, évidemment, est la soûlerie solitaire[1], celle qui ne sert qu'à oublier la tristesse d'un destin. On la nomme parfois alcoolopathie, afin de ne pas la confondre avec l'alcoolisme, phénomène de société.

Il existe aussi un alcoolisme de couple lorsque l'excitation, la levée des inhibitions n'existent que pour favoriser les affrontements suivis de réconciliations orageuses avant que ne reprenne le cours infatigable de l'enfer quotidien garanti.

1. Dans son *Dictionnaire du Diable*, déjà cité, Ambrose Bierce écrit: «Seul (adj.): En mauvaise compagnie.»

Conclusion

Subtilité, poésie, vision, sacré… l'ivrognerie nous mène à poser quelques questions fondamentales. Entre autres : pourquoi y a-t-il de l'alcool plutôt que rien ?

Nous n'avons pas ici la place d'étudier complètement les rapports de l'ivresse et du sacré. Toutefois, il nous a semblé bon de mentionner ces rapports afin de bien établir que l'ivresse, la gueule de bois et l'alcoolisme sont des phénomènes complexes, liés à l'instinct de mort ou à la vie elle-même. Tout discours sur l'alcoolisme qui ne s'en tiendrait qu'à la morale, la loi ou la médecine serait incomplet, et par là même, spécieux. S'il ne s'agissait que d'une maladie, les remèdes en seraient beaucoup plus simples. La maladie se trouve ailleurs…

Du plaisir à l'esclavage, l'alcool accompagne notre route. S'il rend gai, joyeux, il peut aussi avilir. Cet avilissement devient parfois le but même de la consommation d'alcool. Certains en arrivent à savourer leur propre déchéance, se satisfaire de la désapprobation des autres. Nous touchons là le plaisir maussade, la perversion[1]… Une autre perversion, certainement aussi grave, est le discours d'abstinence pur et dur. Il s'autojustifie en se gavant de santé morale. Il est le « clair », comme disent les scientologues. En fait, il procède d'un mépris de soi-même et de l'humanité. Cette attitude devient vite dangereusement sectaire, dangereuse pour soi, dangereuse pour les autres. Les autres… bien sûr, ils sont parfois l'enfer. Comme l'autre que nous portons en nous… Après avoir souligné que l'alcoolisme est un phénomène social, il ne nous reste plus qu'à insister : il n'y a pas d'alcoolisme sans problème de relation. Aux autres ou à soi-même. Et c'est la difficulté majeure, lorsqu'on désire

1. Rappelons qu'il ne faut *jamais* appliquer une connotation morale au mot perversion. Une perversion, c'est tout simplement ce qui rend malheureux. La définir autrement est quasiment pervers !

soigner cette maladie. Admettons qu'un patient parvienne à se guérir, à ne plus jamais boire. Ça ne veut pas dire que la cause de sa maladie s'est envolée par miracle. S'il s'agit, par exemple, d'un problème de couple, rien n'aura changé. La situation pourra même en être aggravée, puisque le patient n'aura plus d'exutoire, de moyen de compensation. Il en cherchera évidemment un autre. Alors qu'une thérapie de couple, dans le cas qui nous occupe, voire, plus bêtement, un divorce suffirait parfois à la guérison. Et cela sans nécessairement passer par l'abstinence «totale et définitive» qui ne doit être envisagée que dans les cas graves, mettant en danger le patient et son entourage. L'alcoolisme n'est qu'un symptôme. Faire disparaître un symptôme n'éradique pas toujours la maladie.

L'abstinence, le refus d'admettre l'existence d'une nécessité sociale de l'alcool n'est pas un facteur d'équilibre. Une consommation modérée de boissons fortes avec, de temps en temps, un peu d'ivresse est beaucoup plus saine. Cette conduite garantit plus sûrement une bonne intégration au monde comme à la société. Elle mène à en vivre une certaine profondeur, à comprendre et à se comprendre. Sinon, l'alcool, ses mythes, ses rites, ses cérémonies et ses usages n'existeraient pas. Or ils existent, irrémédiablement présents.

Bibliographie

ALLAIS (Alphonse): *Le Captain Cap*, in *Œuvres Anthumes*, coll. Bouquins, Robert Laffont, Paris, 1989.

ARTHÉMIDORE (d'Éphèse): *La Clé des songes*, Éditions Filippacchi, Paris, s. d.

BAUDELAIRE (Charles): *Du vin et du haschisch. Dans les paradis artificiels*, Livre de Poche, Paris.

BECHTEL (Guy) et CARRIÈRE (Jean-Claude): *Dictionnaire de la bêtise et des erreurs de jugement*, Robert Laffont, Paris, 1965.

BIERCE (Ambrose): *Dictionnaire du Diable*, traduction J. Papy, Nouvel Office d'Éditions, Paris, s.d.

BITARD (A.): *Le Livre de la Maison*, 1878, cité par Guy Bechtel et Jean-Claude Carrière.

BOLOGNE (Jean Claude): *Histoire morale et culturelle de nos boissons*, Robert Laffont, Paris, 1991.

BRILLAT-SAVARIN (Jean-Anthelme): *La Physiologie du goût*, Sutelet, Paris, 1825 (réédition).

CARRIÈRE (Jean-Claude): voir BECHTEL.

CHEVALIER (Jean) et GHEERBRANT (Alain): *Dictionnaire des symboles*, coll. Bouquins, Robert Laffont, Paris, 1982.

COON (Denis): *Introduction à la psychologie*, adaptation de Robert Ducharme, Éditions Beauchemin, Chomedey-Laval (Québec), 1991.

Dictionnaire universel de la vie pratique à la ville et à la campagne, Hachette, Paris, 1882 (première édition 1859).

DUHAMEL (Jérôme): *Encyclopédie de la bêtise et de la méchanceté*, Acropole, Paris, 1987.

DURAND (Gilbert): *Les Structures anthropologiques de l'imaginaire*, Bordas, Paris, 1969.

Équilibre (L'): Centre d'étude et de promotion de la lecture, Paris, 1968.

ESCOFFIER (Auguste): *Ma cuisine*, Flammarion, Paris, 1934.

GHEERBRANT: voir CHEVALIER.

GIROUD (J.-P.) et HAGÈGE (C.-G.): *Le Guide des médicaments vendus sans ordonnance*, Éditions du Rocher, Paris.

GUY (Christian): *Almanach historique de la gastronomie française*, Hachette, Paris, 1981.

HERTZOG (Jeanne): *Vieilles recettes de nos villages. Boissons ménagères, vins, apéritifs, liqueurs, sirops*, Éditions S.A.E.P., Colmar, 1983.

LICHTENBERG (Georg Christof): *Aphorismes*, traduction de Marthe Robert, Les Presses d'Aujourd'hui, Paris, 1980.

PAILLARD (C.): *L'Alcoolisme dans l'arrondissement d'Abbeville*, 1900, cité par Bechtel et Carrière.

UNCLE JOE: *140 recettes pour faire soi-même des apéritifs*, Librairie Bernardin-Béchet, Paris, 1932.

VENETTE (Nicolas): *La Génération de l'homme*, tableau de l'amour conjugal, 1960, cité par Bechter et Carrière.

Vie du couple (La), Centre d'étude et de promotion de la lecture, Paris, 1969.

VORAGINE (Jacques de): *La Légende dorée*, Éditions Garnier-Flammarion, Paris, 1967.

WHITING (Sidney H.): *Mémoires d'un estomac*, Éditions Manya, Paris, 1991 (réédition d'un texte de 1853).

WODEHOUSE (Peter Grenville): *Ça va Jeeves?* ainsi que les autres volumes de cette série: collection 10/18, Union générale d'édition, Paris, dates diverses.

ZOLA (Émile): *L'Assommoir*, Livre de Poche. Paris.

Index

Table

Première partie

Deuxième partie

Achevé d'imprimer en Italie par Grafica Veneta
en octobre 2021
Dépôt légal novembre 2021
EAN 9782290261965
OTP L21ELLN001115N001
—
Ce texte est composé en Lemonde journal et en Akkurat
—
Conception des principes de mise en page :
mecano, Laurent Batard
—
Composition : PCA
—
ÉDITIONS J'AI LU
87, quai Panhard-et-Levassor, 75013 Paris
Diffusion France et étranger : Flammarion

Librio
232